Friedrich Schiller

Gustav Adolf in Deutschland

1630 - 1632

Friedrich Schiller

Gustav Adolf in Deutschland
1630 - 1632

ISBN/EAN: 9783743323995

Manufactured in Europe, USA, Canada, Australia, Japa

Cover: Foto ©Raphael Reischuk / pixelio.de

Manufactured and distributed by brebook publishing software
(www.brebook.com)

Friedrich Schiller

Gustav Adolf in Deutschland

Gustav Adolf in Deutschland

1630-1632

FROM

SCHILLER'S

HISTORY OF THE THIRTY YEARS' WAR

— Illustrated —

WITH NOTES

BY

WILHELM BERNHARDT, Ph.D. (LIPS.)

DIRECTOR OF GERMAN INSTRUCTION IN THE HIGH SCHOOLS OF WASHINGTON CITY.

———— · ◆ · ————

BOSTON, U.S.A.,
CARL SCHOENHOF, 23 SCHOOL STREET ~237~

1894

SCHILLER.

LIFE AND CHARACTER OF GUSTAVUS ADOLPHUS.

GUSTAVUS II. ADOLPHUS (1594–1632), who had succeeded his father to the throne of Sweden in 1611, at the age of seventeen, was already distinguished as a military commander before he started upon his famous expedition to Germany in the summer of 1630 : He had defeated the Russians in Livonia and banished them from the Baltic ; he had fought for three years with King Sigismund of Poland and taken from him the ports of Elbing, Pillau and Memel ; he was now burning with zeal to defend the falling Protestant cause in Germany. Cardinal Richelieu, in France, helped him to the opportunity by persuading the king of Poland to accept an armistice, in 1629, and by furnishing Sweden with the means of carrying on a war against Emperor Ferdinand II. The latter had assisted Poland, so that a pretext was not wanting ; but when Gustavus Adolphus laid his plans before his council in Stockholm, a majority of the members advised him to wait for a new cause of offence. Nevertheless, he insisted on immediate action.

Gustavus Adolphus was at this time 36 years of age ; he was so tall and powerfully built that he almost seemed a giant ; his face was remarkably frank and cheerful in expression, his hair light, his eyes large and gray and his nose aquiline. Personally, he was a striking contrast to the little, haggard and wrinkled Tilly and the dark, silent and gloomy Wallenstein.

He was no less a statesman than a soldier, and his accomplishments were unusual in a ruler of those days: He was a generous patron of the arts and sciences, spoke four languages with ease and elegance, was learned in theology, a ready orator and — best of all — he was honest, devout and conscientious in all his ways. Possessed of a high and brilliant imagination, and of a temperament restless and indefatigable, to which inaction was the sorest of trials, he was never happier than when he was infusing his own glowing spirit into the comrades of some perilous enterprise.

The best blood of the ancient Goths, from whom he was descended, beat in his veins; the Germans, therefore, could not look upon him as a foreigner; to them he was a countryman as well as a deliverer. Added to this, he was bound to Germany by ties of kinship, both his mother, Christina of Holstein, and his wife, Marie Eleonore of Brandenburg, having been German princesses.

As to the real motives which prompted Gustavus Adolphus to set out for Germany, it must be said, that, as with Emperor Ferdinand and Duke Maximilian of Bavaria, the love of law and orderly government was indissolubly blended with the desire to propagate their Catholic faith, so it was with Gustavus Adolphus: To extend the power of Sweden; to support the princes of Germany against the Emperor's encroachments; to give a firm and unassailable standing ground to German Protestantism, were all to him parts of one great work, scarcely even in thought to be separated from one another.

Gustav Adolf in Deutschland.

(1)

GUSTAVUS ADOLPHUS, KING OF SWEDEN.
(Portrait by Van Dyck.)

vi

Gustav Adolf in Deutschland.

— • —

Von der Reichsversammlung[1] **in Stockholm** (Mai 1630)
bis zur Occupation Pommerns (März 1631). — Gustav
Adolf war ohne Widerspruch der erste Feldherr seines Jahr=
hunderts und der tapferste Soldat in seinem Heere, das er
sich selbst erst geschaffen[2] hatte. Mit der Taktik der Griechen 5
und Römer vertraut, hatte er eine bessere Kriegskunst[3] er=
funden, welche den größten Feldherren der folgenden Zeiten
zum Muster diente. Die unbehilflichen großen Eskadrons[4]
verringerte er, um die Bewegungen der Reiterei leichter und
schneller zu machen; zu eben[5] dem Zwecke rückte er die Bataillone 10
in weitere Entfernungen aus einander. Er stellte seine Armee,
welche gewöhnlich nur eine einzige Linie einnahm, in einer
gedoppelten Linie in Schlachtordnung, daß die zweite anrücken
konnte, wenn die erste zum Weichen gebracht war. Den
Mangel an Reiterei wußte er dadurch zu ersetzen, daß er 15
Fußgänger[6] zwischen die Reiter stellte, welches[7] sehr oft den
Sieg entschied; die Wichtigkeit des Fußvolks in Schlachten
lernte Europa erst von ihm. Ganz Deutschland hat die
Mannszucht bewundert, durch welche sich die schwedischen
Heere auf deutschem Boden in den ersten Zeiten so rühmlich 20
unterschieden. Alle Ausschweifungen[8] wurden aufs strengste

geahndet,[1] am strengsten Gotteslästerung, Raub, Spiel und
Duelle. In den schwedischen Kriegsgesetzen wurde die Mäßig=
keit befohlen; auch erblickte man in dem schwedischen Lager,
das Gezelt[2] des Königs nicht ausgenommen, weder Silber
noch Gold. Das Auge des Feldherrn wachte mit eben[3] der
Sorgfalt über die Sitten des Soldaten wie über die kriege=
rische Tapferkeit. Jedes Regiment mußte zum Morgen= und
Abendgebet einen Kreis um seinen Prediger[4] schließen und
unter freiem Himmel seine Andacht halten. In allem diesem
war der Gesetzgeber zugleich Muster. Eine ungekünstelte[5]
lebendige Gottesfurcht erhöhte den Mut, der sein großes Herz

Gustav Adolfs
Charakter.
beseelte.[6] Alles Ungemach des Kriegs ertrug
er gleich dem Geringsten aus dem Heere;
mitten in dem schwärzesten Dunkel der Schlacht war es licht
in seinem Geiste; allgegenwärtig mit seinem Blicke, vergaß
er den Tod, der ihn umringte; stets fand man ihn auf dem
Wege der furchtbarsten Gefahr. Seine natürliche Herzhaftig=
keit[7] ließ ihn nur allzu oft vergessen, was er dem Feldherrn[8]
schuldig war, und dieses königliche Leben endigte der Tod
eines Gemeinen.[9] Aber einem solchen Führer folgte der
Feige wie der Mutige zum Sieg, und seinem alles beleuch=
tenden Adlerblick entging keine Heldenthat, die sein Beispiel
geweckt hatte. Der Ruhm ihres Beherrschers entzündete in
der Nation ein begeisterndes[10] Selbstgefühl; stolz auf diesen
König, gab der Bauer in Finnland[11] und Gotland freudig
seine Armut[12] hin, verspritzte[13] der Soldat freudig sein Blut,

und der hohe Schwung,[1] den der Geist dieses einzigen Man=
nes der Nation gegeben,[2] überlebte noch lange Zeit seinen
Schöpfer.

So wenig man über die Notwendigkeit des Krieges in
Zweifel[3] war, so sehr war man es über die Art, wie er[4] 5
geführt werden sollte. Ein angreifender[5] Krieg schien selbst[6]
dem mutvollen Kanzler Oxenstierna[7] zu gewagt, die Kräfte
seines geldarmen und gewissenhaften Königs zu ungleich zu
den unermeßlichen Hilfsmitteln eines Despoten,[8] der mit
ganz Deutschland wie mit seinem Eigentum schaltete. Diese 10
furchtsamen Bedenklichkeiten des Ministers widerlegte die
weiter sehende Klugheit des Helden.

„Erwarten[9] wir den Feind in Schweden,“ sagte Gustav,
„so ist alles verloren, wenn eine Schlacht verloren ist; alles
ist gewonnen, wenn wir in Deutschland einen   Offensiv= oder 15
glücklichen Anfang machen. Das Meer[10] ist   Defensivkrieg?
groß und wir haben in Schweden weitläufige Küsten zu
bewachen. Entwischte[11] uns die feindliche Flotte oder würde[12]
die unsrige geschlagen, so wäre es dann umsonst, die feind=
liche Landung zu verhindern. An der Erhaltung Stralsunds[13] 20
muß uns alles liegen.[14] So lange dieser Hafen uns offen
steht, werden wir unser Ansehen auf der Ostsee[15] behaupten
und einen freien Verkehr mit Deutschland unterhalten. Aber
um Stralsund zu beschützen, dürfen wir uns nicht in Schwe=
den verkriechen, sondern müssen mit einer Armee nach Pom= 25
mern[16] hinübergehen. Redet mir also nichts mehr von einem

Verteidigungskriege, durch den wir unsere herrlichsten Vorteile verscherzen. Schweden selbst darf keine feindliche Fahne sehen; und werden[1] wir in Deutschland besiegt, so ist es alsdann noch Zeit, Euern Plan zu befolgen."

5   Beschlossen wurde also[2] der Übergang nach Deutschland und der Angriff des Kaisers.[3] Die Zurüstungen wurden aufs lebhafteste betrieben, und die Vorkehrungen, welche Gustav traf, verrieten nicht weniger Vorsicht, als der Entschluß Kühnheit und Größe zeigte. Vor allem war es nötig,
10 in einem so weit entlegenen Kriege Schweden selbst gegen die zweideutigen Gesinnungen der Nachbarn in Sicherheit zu setzen. Auf einer persönlichen Zusammenkunft mit dem Könige von Dänemark[4] zu Markaröd versicherte sich Gustav der Freundschaft dieses Monarchen; gegen Moskau[5] wurden die
15 Grenzen gedeckt; Polen[6] konnte man von Deutschland aus in Furcht erhalten, wenn es Lust bekommen sollte, den Waffenstillstand[7] zu verletzen. Ein schwedischer Unterhändler, von Falkenberg, welcher Holland und die deutschen Höfe bereiste, machte seinem Herrn von seiten mehrerer protestantischen
20 Fürsten die schmeichelhaftesten Hoffnungen, obgleich noch keiner Mut und Verleugnung genug hatte, ein förmliches Bündnis mit ihm einzugehen. Die Städte Lübeck[8] und Hamburg zeigten sich bereitwillig, Geld vorzuschießen und an Zahlungs statt schwedisches[9]
25 Kupfer anzunehmen. Auch an den Fürsten von Siebenbürgen[10] wurden vertraute Personen abgeschickt, diesen unver-

Sicherung Schwedens nach außen.

söhnlichen Feind Österreichs gegen den Kaiser in Waffen zu bringen.

Unterdessen wurden in den Niederlanden und Deutschland schwedische Werbungen eröffnet, die Regimenter vollzählig gemacht, neue errichtet, Schiffe herbeigeschafft, die Flotte ge= 5 hörig ausgerüstet, Lebensmittel, Kriegsbedürfnisse und Geld, so viel nur möglich, herbeigetrieben. Dreißig Kriegsschiffe waren in kurzer Zeit zum Auslaufen fertig, eine Armee von 15,000 Mann stand bereit, und 200 Transportschiffe waren bestimmt, sie überzusetzen. Eine größere Macht wollte Gustav 10 Adolf nicht nach Deutschland hinüberführen, und der Unter= halt derselben hätte[1] auch bis jetzt die Kräfte seines Königs= reichs überstiegen. Aber so klein diese Armee war, so vor= trefflich war die Auswahl seiner Truppen in Disziplin, kriegerischem Mut und Erfahrung, die einen festen Kern zu 15 einer größern Kriegsmacht abgeben[2] konnte, wenn er den deutschen Boden erst erreicht und das Glück seinen ersten An= fang begünstigt haben würde. Oxenstierna, zugleich General und Kanzler, stand mit etwa 10,000 Mann in Preußen,[3] diese Provinz gegen Polen zu verteidigen. Einige reguläre 20 Truppen und ein ansehnliches Korps[4] Landmiliz[5] blieb in Schweden zurück, damit ein bundbrüchiger[6] Nachbar bei einem schnellen Überfall das Königreich nicht unvorbereitet fände.

Dadurch war für die Verteidigung des Reichs gesorgt. 25 Nicht weniger Sorgfalt bewies Gustav Adolf bei Anordnung

der innern Regierung. Die Regentschaft wurde dem Reichsrat,¹ das Finanzwesen dem Pfalzgrafen Johann Kasimir,²
dem Schwager des Königs, übertragen, seine Gemahlin,³ so
zärtlich er sie liebte, von allen Regierungsgeschäften entfernt,
5 denen ihre eingeschränkten⁴ Fähigkeiten nicht gewachsen waren.
Gleich einem Sterbenden bestellte⁵ er sein Haus. Am 20. Mai
1630, nachdem alle Vorkehrungen getroffen und alles zur Ab-
fahrt in Bereitschaft war, erschien der König zu Stockholm
in der Reichsversammlung,⁶ den Ständen⁷ ein feierliches
10 Lebewohl zu sagen. Er nahm hier seine vierjährige Tochter
Christina,⁸ die in der Wiege schon zu seiner Nachfolgerin
erklärt war, auf die Arme, zeigte sie den Ständen als ihre
künftige Beherrscherin, ließ ihr auf den Fall, daß er selbst
nimmer wiederkehrte, den Eid der Treue erneuern und darauf
15 die Verordnung ablesen, wie es während seiner Abwesenheit
oder der Minderjährigkeit seiner Tochter mit der Regentschaft
des Reichs gehalten werden sollte. In Thränen zerfloß die
ganze Versammlung, und der König selbst brauchte Zeit, um
zu seiner Abschiedsrede an die Stände die nötige Fassung
20 zu erhalten.

„Nicht leichtsinnigerweise,"⁹ fing er an, „stürze ich mich

Sicherung und euch in diesen neuen gefahrvollen Krieg.
Schwedens im Mein Zeuge ist der allmächtige Gott, daß ich
Innern. nicht aus Vergnügen fechte. Der Kaiser
Reichsversamm-
lung zu hat mich in der Person meiner Gesandten¹⁰
25 *Stockholm.* aufs grausamste beleidigt, er hat meine Feinde¹¹ unterstützt, er

verfolgt meine Freunde und Brüder,[1] tritt meine Religion
in den Staub und streckt die Hand aus nach meiner Krone.[2]
Dringend flehen uns die unterdrückten Stände Deutschlands
um Hilfe, und wenn es Gott gefällt, so wollen wir sie ihnen
geben. 5

„Ich kenne die Gefahren, denen mein Leben ausgesetzt
sein wird. Nie habe ich sie gemieden, und schwerlich werde
ich ihnen ganz entgehen. Bis jetzt zwar hat mich die Allmacht
wunderbar behütet; aber ich werde doch endlich sterben in
der Verteidigung meines Vaterlandes. Ich übergebe euch 10
dem Schutz des Himmels. Seid gerecht, seid gewissenhaft,
wandelt unsträflich, so werden wir uns in der Ewigkeit wieder
begegnen.

„An euch, meine Reichsräte,[3] wende ich mich zuerst. Gott
erleuchte[4] euch und erfülle euch mit Weisheit, meinem Königs= 15
reiche stets das Beste zu raten. Euch, tapferer Adel,[5] em=
pfehle ich dem göttlichen Schutz. Fahret fort, euch als wür=
dige Nachkommen jener heldenmütigen Goten[6] zu erweisen,
deren Tapferkeit das alte Rom in den Staub stürzte. Euch,
Diener der Kirche,[7] ermahne ich zur Verträglichkeit und Ein= 20
tracht; seid selbst Muster der Tugenden, die ihr predigt, und
mißbrauchet nie eure Herrschaft über die Herzen meines Volks.
Euch, Deputierte des Bürger=[8] und Bauernstandes,[9] wünsche
ich den Segen des Himmels, eurem Fleiß eine erfreuende
Ernte, Fülle euren Scheunen, Überfluß an allen Gütern des 25
Lebens. Für euch alle, Abwesende und Gegenwärtige,

schicke ich aufrichtige Wünsche zum Himmel. Ich sage euch allen mein zärtliches Lebewohl. Ich sage es vielleicht auf ewig."

Zu Elfsnaben,[1] wo die Flotte vor Anker lag, erfolgte die
5 Einschiffung der Truppen; eine unzählige Menge Volks war herbeigeströmt, dieses ebenso prächtige als rührende Schauspiel zu sehen. Die Herzen der Zuschauer waren von den verschiedensten Empfindungen bewegt, je nachdem sie bei der Größe des Wagestücks oder bei der Größe des Mannes
10 verweilten.   Unter den hohen Offizieren, welche bei diesem Heere kommandierten, haben sich Gustav Horn,[2] Rheingraf[3] Otto Ludwig, Heinrich Matthias Graf von Thurn,[4] Orten-

Einschiffung der Truppen. burg, Baudissen,[5] Banner,[6] Teufel, Tott,
Landung Mutsenfahl, Falkenberg, Kniphausen und an-
15 *in Pommern.* dere mehr einen glänzenden Namen erworben.

Die Flotte, von widrigen Winden aufgehalten, konnte erst im Junius[7] unter Segel gehen und erreichte am 24. dieses Monats die Insel Ruden[8] an der Küste von Pommern.

Gustav Adolf war der erste, der hier ans Land stieg. Im
20 Angesicht seines Gefolges kniete er nieder auf Deutschlands Erde und dankte der Allmacht für die Erhaltung seiner Armee und seiner Flotte. Auf den Inseln Wollin[9] und Usedom setzte er seine Truppen ans Land; die kaiserlichen Besatzungen ver- ließen sogleich bei seiner Annäherung ihre Schanzen und ent-
25 flohen. Mit Blitzesschnelligkeit erschien er vor Stettin,[10] sich dieses wichtigen Platzes zu versichern, ehe die Kaiserlichen[11]

ihm zuvorkämen. Bogisla XIV., Herzog von Pommern, ein
schwacher und alternder Prinz, war[1] lange schon der Mißhandlungen müde, welche die Kaiserlichen in seinem Lande
ausgeübt hatten und fortfuhren auszuüben; aber zu kraftlos,
ihnen Widerstand zu thun, hatte er sich mit stillem Murren 5
unter die Übermacht gebeugt. Die Erscheinung seines Retters,
anstatt seinen Mut zu beleben, erfüllte ihn mit Furcht und
Zweifeln. So sehr sein Land noch von den Wunden blutete,
welche die Kaiserlichen ihm geschlagen,[2] so wenig konnte dieser
Fürst sich entschließen, durch offenbare Begünstigung der 10
Schweden die Rache des Kaisers gegen sich zu reizen. Gustav
Adolf, unter den Kanonen von Stettin gelagert, forderte diese
Stadt auf, schwedische Garnison einzunehmen. Bogisla erschien selbst in dem Lager des Königs, sich diese Einquartierung
zu verbitten. „Ich komme als Freund und nicht als Feind zu 15
Ihnen,“ antwortete Gustav; „nicht mit Pommern, nicht mit
dem Deutschen Reiche, nur mit den Feinden desselben führe ich
Krieg. In meinen Händen soll dieses[3] Herzogtum heilig auf-
gehoben sein, und sicherer als von jedem andern werden Sie es
nach geendigtem Feldzug von mir zurückerhalten. Sehen Sie 20
die Fußstapfen der kaiserlichen Truppen in Ihrem Lande, sehen
Sie die Spuren der meinigen in Usedom und wählen Sie,
ob Sie den Kaiser oder mich zum Freund haben wollen. Was
erwarten Sie, wenn der Kaiser sich Ihrer Hauptstadt bemäch-
tigen sollte? Wird er gnädiger damit verfahren als ich? 25
Oder wollen Sie meinen Siegen Grenzen setzen? Die Sache

iſt bringend, faſſen Sie einen Entſchluß und nötigen Sie mich
nicht, wirkſamere Mittel zu ergreifen."

Die Wahl war ſchmerzlich für den Herzog von Pommern.
Hier der König von Schweden mit einer furchtbaren Armee vor

5 **Guſtav Adolf**   den Thoren ſeiner Hauptſtadt; bort die unaus=
vor Stettin.   bleibliche Rache des Kaiſers und das ſchrecken=
volle Beiſpiel ſo vieler deutſchen Fürſten, welche als Opfer
dieſer Rache im Elend herumwanderten. Die bringendere Ge=
fahr beſtimmte ſeinen Entſchluß. Die Thore von Stettin
10 wurden dem Könige geöffnet, ſchwediſche Truppen rückten ein,
und den Kaiſerlichen, die ſchon in ſtarken[1] Märſchen herbei=
eilten, wurde der Vorſprung[2] abgewonnen. Stettins Ein=
nahme verſchaffte dem König in Pommern feſten Fuß, den
Gebrauch der Ober und einen Waffenplatz für ſeine Armee.
15 Herzog Bogisla ſäumte nicht, den gethanen Schritt bei dem
Kaiſer durch die Notwendigkeit zu entſchuldigen und dem Vor=
wurfe der Verräterei im voraus zu begegnen; aber von der
Unverſöhnlichkeit dieſes Monarchen überzeugt, trat er mit
ſeinem neuen Schutzherrn in eine enge Verbindung, um durch
20 die ſchwediſche Freundſchaft ſich gegen die Rache Öſterreichs in
Sicherheit zu ſetzen. Der König gewann durch dieſe Allianz
mit Pommern einen wichtigen Freund auf deutſchem Boden,
der ihm den Rücken deckte und den Zuſammenhang mit Schwe=
ben offen hielt.

25 Guſtav Adolf glaubte ſich gegen Ferdinand,[3] der ihn in
Preußen zuerſt feindlich[4] angegriffen hatte, der hergebrachten

Formalitäten überhoben[1] und fing ohne Kriegserklärung die
Feindseligkeiten an. Gegen die europäischen Fürsten recht=
fertigte er sein Betragen in einem eigenen Manifest, in
welchem alle schon angeführten Gründe, die ihn zur Ergreifung
der Waffen bewogen, hererzählt[2] wurden. Unterdessen setzte er 5
seine Progressen in Pommern fort und sah mit jedem Tage
seine Heere sich vermehren. Von den Truppen, welche unter
Mansfeld,[3] Herzog Christian[4] von Braun= *Gustav Adolfs*
schweig, dem Könige von Dänemark[5] und *Erfolge in Pom=*
mern und Meck=
unter Wallenstein[6] gefochten, stellten sich Of= *lenburg.* 10
fiziere sowohl als Soldaten scharenweise dar,[7] unter seinen
siegreichen Fahnen zu streiten.

Der Einfall des Königs von Schweden wurde am kaiser=
lichen[8] Hofe bei weitem nicht der Aufmerksamkeit gewürdigt,
welche er bald darauf zu verdienen schien. Der österreichische 15
Stolz, durch das bisherige[9] unerhörte Glück auf den höchsten
Gipfel getrieben, sah mit Geringschätzung auf einen Fürsten
herab, der mit einer Handvoll Menschen aus einem verachteten
Winkel Europens[10] hervorkam und, wie man sich einbildete,
seinen bisher erlangten Kriegsruhm bloß der Ungeschicklichkeit 20
eines noch schwächern[11] Feindes verdankte. Die herabsetzende
Schilderung, welche Wallenstein nicht ohne Absicht von der
schwedischen Macht entworfen,[12] vermehrte die Sicherheit des
Kaisers; wie hätte er einen Feind achten sollen, den sein Feld=
herr sich getraute mit Ruten[13] aus Deutschland zu verjagen? 25
Selbst die reißenden Fortschritte Gustav Adolfs in Pommern

konnten dieses Vorurteil nicht ganz besiegen, welchem der
Spott der Höflinge stets neue Nahrung gab. Man nannte
ihn in Wien nur die „Schneemajestät," welche die Kälte des
Nords[1] jetzt zusammenhalte, die aber zusehends schmelzen
5 würde, je näher sie gegen Süden rückte. Die Kurfürsten selbst,
welche in Regensburg[2] versammelt waren, würdigten seine
Vorstellungen[3] keiner Aufmerksamkeit und verweigerten ihm
aus blinder Gefälligkeit gegen Ferdinand sogar den Titel eines
Königs. Während man in Regensburg und Wien spottete,
10 ging in Pommern und Mecklenburg ein fester Ort nach dem
andern an ihn verloren.

Die Zerstörung Magdeburgs (10. Mai 1631).— Das reiche Erzbistum,[1] dessen Hauptsitz die Stadt Magdeburg[2] war, hatten schon seit geraumer Zeit evangelische Prinzen aus dem brandenburgischen[3] Hause besessen, welche ihre Religion darin einführten. Christian Wilhelm, der letzte Administrator, war   5 durch seine Verbindung mit Dänemark[4] in die Reichsacht[5] verfallen, wodurch das Domkapitel[6] sich bewogen sah, um nicht die Rache des Kaisers gegen das Erzstift[7] zu reizen, ihn förmlich seiner Würde zu entsetzen. An seiner statt postulierte[8] es den Prinzen Johann August, zweiten Sohn des Kurfürsten[9] 10 von Sachsen, den aber der Kaiser verwarf, um seinem eigenen Sohne Leopold dieses Erzbistum zuzuwenden. Der Kurfürst von Sachsen ließ darüber ohnmächtige Klagen an dem kaiserlichen Hofe erschallen; Christian Wilhelm von Brandenburg ergriff thätigere Maßregeln. Der Zuneigung des Volks und 15 Magistrats zu Magdeburg versichert und von schimärischen[10] Hoffnungen erhitzt, glaubte er sich im stande, alle Hindernisse zu besiegen, welche der Ausspruch des Kapitels,[11] die Konkurrenz mit zwei mächtigen Mitbewerbern[12] und das Restitutionsedikt[13] seiner Wiederherstellung entgegensetzten. Er that eine 20 Reise nach Schweden und suchte, sich durch das Versprechen

einer wichtigen Diversion in Deutschland der Unterstützung
Gustavs zu versichern. Dieser König entließ ihn nicht ohne
Hoffnung seines nachdrücklichen Schutzes, schärfte ihm aber
dabei ein, mit Klugheit zu verfahren.

5　　Kaum hatte Christian Wilhelm die Landung seines Be=
schützers in Pommern erfahren, so schlich er sich mit Hilfe
einer Verkleidung in Magdeburg ein. Er erschien plötzlich in
der Ratsversammlung,[1] erinnerte den Magistrat an alle Drang=
sale, welche Stadt und Land[2] seitdem von den kaiserlichen Trup=
10 pen erfahren, an die verderblichen Anschläge Ferdinands, an
die Gefahr der evangelischen Kirche. Nach diesem Eingange
entdeckte er ihnen, daß der Zeitpunkt ihrer Befreiung erschienen
sei,[3] und daß ihnen Gustav Adolf seine Allianz und allen Bei=
stand anbiete. Magdeburg, eine der wohlhabendsten Städte
15 Deutschlands, genoß unter der Regierung seines Magistrats

**Bündnis zwischen
Magdeburg
und Gustav Adolf.**
einer republikanischen Freiheit, welche seine
Bürger mit einer heroischen Kühnheit be=
seelte. Davon hatten sie bereits gegen
Wallenstein, der, von[4] ihrem Reichtum angelockt, die über=
20 triebensten Forderungen an sie machte, rühmliche Proben abge=
legt und in einem mutigen Widerstande[5] ihre Rechte behauptet.
Ihr ganzes Gebiet hatte zwar die zerstörende Wut seiner Trup=
pen erfahren, aber Magdeburg selbst entging seiner Rache. Es
war also dem Administrator nicht schwer, Gemüter zu gewin=
25 nen, denen die erlittenen Mißhandlungen noch in frischem
Andenken waren. Zwischen der Stadt und dem König von

Schweden kam ein Bündnis zu stande, in welchem Magdeburg dem König ungehinderten Durchzug durch ihr Gebiet und ihre Thore und die Werbefreiheit[1] auf ihrem Grund und Boden verstattete, und die Gegenversicherung[2] erhielt, bei ihrer Religion und ihren Privilegien[3] aufs gewissenhafteste geschützt zu werden. 5

Sogleich zog der Administrator Kriegsvölker zusammen und fing die Feindseligkeiten voreilig an, ehe Gustav Adolf nahe genug war, ihn mit seiner Macht zu unterstützen. Es glückte ihm, einige kaiserliche Korps in der Nachbarschaft aufzuheben,[4] kleine Eroberungen zu machen und sogar Halle[5] zu überrumpeln. Aber die Annäherung eines kaiserlichen Heeres nötigte ihn bald, in aller Eilfertigkeit und nicht ohne Verlust den Rückweg nach Magdeburg zu nehmen. Gustav Adolf, obgleich unzufrieden über diese Voreiligkeit, schickte ihm in der Person Dietrichs von Falkenberg einen erfahrenen Offizier, um die Kriegsoperationen zu leiten und dem Administrator mit seinem Rate beizustehen. Eben diesen Falkenberg ernannte der Magistrat zum Kommandanten der Stadt, so lange dieser Krieg dauern würde. Das Heer des Prinzen sah sich[6] von Tag zu Tag durch den Zulauf aus den benachbarten Städten vergrößert, erhielt mehrere Vorteile über die kaiserlichen Regimenter, welche dagegen[7] geschickt wurden, und konnte mehrere Monate einen kleinen Krieg[8] mit vielem Glücke unterhalten. 10 15 20

Endlich näherte sich der Graf von Pappenheim[9] nach beendigtem Zuge gegen den Herzog von Sachsen-Lauenburg[10] der 25

Stadt, vertrieb in kurzer Zeit die Truppen des Administrators
aus allen umliegenden Schanzen, hemmte dadurch alle Kom=
munikation mit Sachsen und schickte sich ernstlich an, die Stadt
einzuschließen.   Bald nach ihm kam auch Tilly,¹ forderte den
5 Administrator in einem drohenden Schreiben auf, sich dem
Restitutionsedikt² nicht länger zu widersetzen, den Befehlen des
Kaisers sich zu unterwerfen und Magdeburg zu übergeben.
Die Antwort des Prinzen war lebhaft und kühn und bestimmte
den kaiserlichen Feldherrn, ihm den Ernst der Waffen zu zeigen.
10   Indessen wurde die Belagerung wegen der Fortschritte des
Königs von Schweden, die den kaiserlichen Feldherrn von der
Stadt abriefen, eine Zeitlang verzögert, und die Eifersucht der
in seiner Abwesenheit kommandierenden Generale verschaffte
Magdeburg noch auf einige Monate Frist.   Am 30. März
15 1631 erschien endlich Tilly wieder, um von jetzt an die Be=
lagerung mit Eifer zu betreiben.

     In kurzer Zeit waren alle Außenwerke erobert, und Falken=
berg selbst hatte die Besatzungen, welche nicht mehr zu retten
waren, zurückgezogen und die Elbbrücke³ ab=

Tilly und Pappen=
20 **heim vor**
Magdeburg.

werfen lassen.   Da es an hinlänglichen
Truppen fehlte, die weitläuftige⁴ Festung
mit den Vorstädten zu verteidigen, so wurden auch die Vor=
städte Sudenburg⁵ und Neustadt⁶ dem Feinde preisgegeben, der
sie sogleich in Asche legte.   Pappenheim trennte sich von Tilly,
25 ging bei Schönebeck⁷ über die Elbe, um von der andern Seite
die Stadt anzugreifen.

Die Besatzung, durch die vorhergehenden Gefechte in den
Außenwerken geschwächt, belief sich nicht über 2000 Mann
Fußvolks und einige 100 Reiterei, eine sehr schwache Anzahl
für eine so große und noch dazu unregelmäßige Festung.
Diesen Mangel zu ersetzen, bewaffnete man die Bürger; ein 5
verzweifelter Ausweg, der größern Schaden anrichtete, als er
verhütete. Die Bürger, an sich selbst schon sehr mittelmäßige
Soldaten, stürzten durch ihre Uneinigkeit die Stadt ins Verderben. Dem Ärmern[1] that es weh, daß man ihm allein alle
Lasten aufwälzte,[2] ihn allein allem Ungemach, allen Gefahren 10
bloßstellte, während der Reiche seine Dienerschaft schickte[3] und
sich in seinem Hause gütlich[4] that. Der Unwille brach zuletzt
in ein allgemeines Murren aus; Gleichgültigkeit trat an die
Stelle des Eifers, Überdruß und Nachlässigkeit im Dienst an
die Stelle der wachsamen Vorsicht. Diese Trennung der Ge- 15
müter, mit der steigenden Not verbunden, gab nach und nach
einer kleinmütigen Überlegung Raum, daß mehrere schon an-
fingen, über die Verwegenheit ihres Unternehmens aufgeschreckt
zu werden und vor der Allmacht des Kaisers **Magdeburgs
innere Zustände.**
zu erbeben, gegen welchen man im Streite be- 20
griffen sei. Aber der Religionsfanatismus, die feurige Liebe
der Freiheit, der unüberwindliche Widerwille gegen den kaiserlichen Namen, die wahrscheinliche Hoffnung eines nahen Entsatzes[5] entfernten jeden Gedanken an Übergabe, und so[6] sehr
man in allem andern getrennt sein mochte, so einig war man, 25
sich bis aufs äußerste zu verteidigen.

Die Hoffnung der Belagerten, sich entsetzt zu sehen, war auf die höchste Wahrscheinlichkeit gegründet. Sie wußten um die Bewaffnung des Leipziger[1] Bundes, sie wußten um die Annäherung Gustav Adolfs; beiden war die Erhaltung Magdeburgs gleich wichtig, und wenige Tagemärsche konnten den König von Schweden vor ihre Mauern bringen. Alles dieses war dem Grafen Tilly nicht unbekannt, und eben darum eilte er so sehr, sich, auf welche Art es auch sein möchte, von Magdeburg Meister zu machen. Schon hatte er der Übergabe wegen[2] einen Trompeter mit verschiedenen Schreiben an den Administrator,[3] Kommandanten und Magistrat abgesendet, aber zur Antwort erhalten, daß man lieber sterben als sich ergeben würde. Ein lebhafter Ausfall der Bürger zeigte ihm, daß der Mut der Belagerten nichts weniger als erkaltet sei, und die Ankunft des Königs[4] zu Potsdam,[5] die Streifereien der Schweden selbst bis vor Zerbst[6] mußten ihn mit Unruhe sowie die Einwohner Magdeburgs mit den frohesten Hoffnungen erfüllen. Ein zweiter Trompeter, den er an sie abschickte, und der gemäßigtere Ton seiner Schreibart bestärkte sie noch mehr in ihrer Zuversicht — aber nur, um sie in eine desto tiefere Sorglosigkeit zu stürzen.

Die Belagerer[7] waren unterdessen mit ihren Approchen[8] bis an den Stadtgraben vorgedrungen und beschossen von den aufgeworfenen Batterieen aufs heftigste Wall und Türme. Ein Turm wurde ganz eingestürzt, aber ohne den Angriff zu erleichtern, da er nicht in den Graben fiel, sondern sich seitwärts

an den Wall anlehnte. Des anhaltenden Bombardierens un=
geachtet[1] hatte der Wall nicht viel gelitten, und die Wirkung
der Feuerkugeln, welche die Stadt in Brand stecken sollten,
wurde durch vortreffliche Gegenanstalten[2] vereitelt. Aber der
Pulvervorrat der Belagerten war bald zu Ende, und das 5
Geschütz der Festung hörte nach und nach auf, den Belagerern
zu antworten. Ehe neues Pulver bereitet war, mußte Magde=
burg entsetzt sein, oder es war verloren. Jetzt   **Magdeburg**
war die Hoffnung der Stadt aufs höchste ge=   **belagert.**
stiegen, und mit heftiger Sehnsucht alle Blicke nach der Gegend 10
hingekehrt, von welcher die schwedischen Fahnen wehen sollten.
Gustav Adolf hielt sich nahe genug auf, um am dritten Tage
vor Magdeburg zu stehen. Die Sicherheit steigt[3] mit der Hoff=
nung, und alles trägt dazu bei, sie zu verstärken. Am 9.
Mai fängt unerwartet die feindliche Kanonade an zu schweigen, 15
von mehreren Batterieen werden die Stücke[4] abgeführt. Tote
Stille im kaiserlichen Lager. Alles überzeugt die Belagerten,
daß ihre Rettung nahe sei. Der größte Teil der Bürger= und
Soldatenwache verläßt früh morgens seinen Posten auf dem
Wall, um endlich einmal nach langer Arbeit des süßen 20
Schlafes sich zu erfreuen — aber ein teurer Schlaf und ein
entsetzliches Erwachen!

Tilly hatte endlich der Hoffnung entsagt, auf dem bisherigen
Wege der Belagerung sich noch vor Ankunft der Schweden der
Stadt bemeistern zu können; er beschloß also,[5] sein Lager auf= 25
zuheben;[6] zuvor aber noch einen Generalsturm[7] zu wagen. Die

Schwierigkeiten waren groß, da keine Bresche[1] noch geschossen und die Festungswerke kaum beschädigt waren. Aber der Kriegsrat, den er versammelte, erklärte sich für den Sturm und stützte sich dabei auf das Beispiel von Maastricht,[2] welche Stadt früh morgens, da Bürger und Soldaten sich zur Ruhe begeben, mit stürmender Hand überwältigt worden sei. An vier Orten zugleich sollte der Angriff geschehen, die ganze Nacht zwischen dem 9. und 10. wurde mit den nötigen Anstalten zugebracht. Alles war in Bereitschaft und erwartete, der Abrede gemäß, früh um 5 Uhr das Zeichen mit den Kanonen. Dieses erfolgte aber erst zwei Stunden später, indem Tilly, noch immer zweifelhaft wegen des Erfolgs, noch einmal den Kriegsrat versammelte. Pappenheim wurde beordert, auf die Neustädtischen[3] Werke den Angriff zu thun, ein abhängiger[4] Wall und ein trockner, nicht allzu tiefer Graben kamen ihm dabei zu statten.[5] Der größte Teil der Bürger und Soldaten hatte die Wälle verlassen, und die wenigen Zurückgebliebenen fesselte der Schlaf. So wurde es diesem General nicht schwer, der erste[6] den Wall zu ersteigen.

Falkenberg,[7] aufgeschreckt durch das Knallen des Musketenfeuers, eilte von dem Rathause, wo er eben beschäftigt war, den zweiten Trompeter des Tilly abzufertigen, mit einer zusammengerafften Mannschaft nach dem Neustädtischen Thore, das der Feind schon überwältigt hatte. Hier zurückgeschlagen, flog dieser tapfere General nach einer andern Seite, wo eine

Randnotiz: Magdeburg gestürmt.

zweite feindliche Partei schon im Begriff war, die Werke zu
ersteigen. Umsonst ist[1] sein Widerstand; schon zu Anfang des
Gefechts strecken die feindlichen Kugeln ihn zu Boden. Das
heftige Musketenfeuer, das Läuten der Sturmglocken, das
überhand nehmende Getöse machen endlich den erwachenden 5
Bürgern die drohende Gefahr bekannt. Eilfertig werfen sie
sich in ihre Kleider, greifen zum Gewehr, stürzen in blinder
Betäubung dem Feind entgegen. Noch war Hoffnung übrig,
ihn zurückzutreiben, aber der Kommandant getötet, kein Plan
im Angriff, keine Reiterei, in seine[2] verwirrten Glieder ein= 10
zubrechen, endlich kein Pulver mehr, das Feuer fortzusetzen.
Zwei andre Thore, bis jetzt noch unangegriffen,[3] werden von
Verteidigern entblößt, um der dringendern Not in der Stadt[4]
zu begegnen. Schnell benutzt der Feind die dadurch entstan=
dene Verwirrung, um auch diese Posten anzugreifen. Der 15
Widerstand ist lebhaft und hartnäckig, bis endlich vier kaiser=
liche Regimenter, des Walles Meister, den Magdeburgern
in den Rücken fallen und so ihre Niederlage vollenden. Ein
tapferer Kapitän, namens Schmidt, der in dieser allgemeinen
Verwirrung die Entschlossensten noch einmal gegen den Feind 20
führt und glücklich genug ist, ihn bis an das Thor zurück=
zutreiben, fällt tödlich verwundet, Magdeburgs letzte Hoffnung
mit ihm. Alle Werke sind noch vor Mittag erobert, die
Stadt in Feindes Händen.

Zwei Thore werden jetzt von den Stürmenden der[5] Haupt= 25
armee geöffnet, und Tilly läßt einen Teil seines Fußvolks

einmarschieren. Es[1] besetzt sogleich die Hauptstraßen, und
das aufgepflanzte[2] Geschütz scheucht alle Bürger in ihre
Wohnungen, dort ihr Schicksal zu erwarten. Nicht lange
läßt man sie in Zweifel; zwei Worte des Grafen Tilly be-
5 stimmten Magdeburgs Geschick. Ein nur etwas menschlicher
Feldherr würde solchen Truppen vergeblich Schonung anbe-
fohlen[3] haben; Tilly gab sich auch nicht die Mühe,[4] es zu
versuchen. Durch das Stillschweigen seines Generals zum
Herrn über das Leben aller Bürger gemacht, stürzte der
10 Soldat in das Innere der Häuser, um ungebunden alle Be-
gierden einer viehischen Seele zu kühlen. Vor

**Magdeburg
erobert
und zerstört.**

manchem deutschen Ohre fand die flehende
Unschuld Erbarmen, keines[5] vor dem tauben
Grimm der Wallonen[6] aus Pappenheims Heer. Kaum hatte
15 dieses Blutbad seinen Anfang genommen, als alle übrigen
Thore aufgingen,[7] die ganze Reiterei und der Kroaten[8] fürch-
terliche Banden gegen die unglückliche Stadt losgelassen
wurden.

Eine Würgeszene[9] fing jetzt an, für welche die Geschichte
20 keine Sprache und die Dichtkunst keinen Pinsel[10] hat. Nicht
die schuldfreie Kindheit, nicht das hilflose Alter, nicht Ju-
gend, nicht Geschlecht, nicht Stand, nicht Schönheit können
die Wut des Siegers entwaffnen. Frauen werden in den
Armen ihrer Männer, Töchter zu den Füßen ihrer Väter
25 mißhandelt, und das wehrlose[11] Geschlecht hat bloß[12] das
Vorrecht, einer gedoppelten Wut zum Opfer[13] zu dienen.

Keine noch so[1] verborgene, keine noch so geheiligte Stätte
konnte vor der alles durchforschenden Habsucht sichern. Drei-
undfunfzig Frauenspersonen[2] fand man in einer Kirche ent-
hauptet.   Kroaten vergnügten sich, Kinder in die Flammen
zu werfen — Pappenheims Wallonen, Säuglinge an den
Brüsten ihrer Mütter zu spießen.   Einige liguistische[3] Offiziere, von diesem grausenvollen Anblick empört, unterstanden[4]
sich, den Grafen Tilly zu erinnern, daß er dem Blutbad
möchte Einhalt thun lassen.   „Kommt in einer Stunde
wieder," war die Antwort, „ich werde dann sehen, was ich
thun werde.   Der Soldat muß für seine Gefahr und Arbeit
etwas haben."   In ununterbrochener Wut dauerten diese
Greuel fort, bis endlich Rauch und Flammen der Raubsucht
Grenzen setzten.   Um die Verwirrung zu vermehren und den
Widerstand der Bürger zu brechen, hatte man gleich anfangs
an verschiedenen Orten Feuer angelegt.   Jetzt erhob sich ein
Sturmwind, der die Flammen mit reißender Schnelligkeit
durch die ganze Stadt verbreitete und den Brand allgemein
machte.   Fürchterlich war das Gedränge[5] durch Qualm und
Leichen, durch gezuckte[6] Schwerter, durch stürzende Trümmer,
durch das strömende Blut.   Die Atmosphäre kochte, und die
unerträgliche Glut zwang endlich selbst diese Würger, sich
in das Lager zu flüchten.   In weniger als zwölf Stunden
lag diese volkreiche, feste, große Stadt, eine der schönsten
Deutschlands, in der Asche, zwei Kirchen und einige Hütten
ausgenommen.   Der Administrator, Christian Wilhelm, ward

mit drei Bürgermeistern nach vielen empfangenen Wunden
gefangen; viele tapfere Offiziere und Magistrate hatten fech=
tend einen beneideten Tod gefunden. Vierhundert der reich=
sten Bürger entriß die Habsucht der Offiziere dem Tod, um
5 ein teures Lösegeld von ihnen zu erpressen. Noch dazu waren
es meistens Offiziere der Ligue,[1] welche diese Menschlichkeit
zeigten, und die blinde Mordbegier[2] der kaiserlichen Soldaten
ließ sie als rettende Engel betrachten.

Kaum hatte sich die Wut des Brandes gemindert, als die
10 kaiserlichen Scharen mit erneuertem Hunger zurückkehrten, um
unter Schutt und Asche ihren Raub aufzuwühlen. Manche
erstickte der Dampf; viele machten große Beute, da die Bür=
ger ihr Bestes in die Keller geflüchtet[3] hatten. Am 13. Mai
erschien endlich Tilly selbst in der Stadt, nachdem die Haupt=
15 straßen von Schutt und Leichen gereinigt waren. Schauder=
haft gräßlich, empörend war die Szene, welche sich jetzt der
Menschlichkeit darstellte: Lebende, die unter den Leichen her=
vorkrochen, herumirrende[4] Kinder, die mit herzzerschneidendem
Geschrei ihre Eltern suchten, Säuglinge, die an den Brüsten
20 ihrer toten Mütter saugten! Mehr als 6000 Leichen mußte
man in die Elbe werfen, um die Gassen zu räumen;[5] eine
ungleich größere Menge von Lebenden und Leichen hatte das
Feuer verzehrt; die ganze Zahl der Getöteten wird auf 30,000
angegeben.

25 Der Einzug des Generals, welcher am 14. erfolgte, machte
der Plünderung ein Ende, und was[6] bis dahin gerettet war,

blieb leben. Gegen 1000 Menschen wurden aus der Dom=
kirche[1] gezogen, wo sie drei Tage und zwei
Nächte in beständiger Todesfurcht und ohne
Nahrung zugebracht hatten. Tilly ließ ihnen Pardon[2] an=
künbigen und Brot unter sie verteilen. Den Tag darauf ward 5
in dieser Domkirche feierliche Messe gehalten, und unter Ab=
feuerung der Kanonen das Te Deum[3] angestimmt. Der
kaiserliche General durchritt die Straßen, um als Augenzeuge
seinem Herrn berichten zu können, daß seit Trojas[4] und Jeru=
salems[5] Zerstörung kein solcher Sieg gesehen worden sei. Und 10
in diesem Vorgeben war nichts Übertriebenes, wenn man die
Größe, den Wohlstand und die Wichtigkeit der Stadt, welche
unterging, mit der Wut ihrer Zerstörer zusammendenkt.

Das Gerücht von Magdeburgs grausenvollem Schicksal
verbreitete Frohlocken durch das katholische, Entsetzen und 15
Furcht durch das ganze protestantische Deutschland. Aber
Schmerz und Unwillen klagten allgemein den König von
Schweden an, der, so nahe und so mächtig, diese bundesver=
wandte[6] Stadt hilflos gelassen hatte. Auch der Billigste[7]
fand diese Unthätigkeit des Königs unerklärbar, und Gustav 20
Adolf, um nicht unwiederbringlich die Herzen des Volkes[8] zu
verlieren, zu dessen Befreiung er erschienen war, sah sich ge=
zwungen, in einer eigenen Schutzschrift[9] die Gründe seines
Betragens der Welt vorzulegen.

Tillys Einzug in Magdeburg.

Die Schlacht von Breitenfeld (7. September 1631). — Seit dem Blutbade zu Magdeburg floh Tilly das Glück.

Desto ununterbrochener begleitete es von nun an den König von Schweden. Während er zu Werben[1] im Lager stand, 5 wurde das ganze Mecklenburg[2] bis auf wenige Plätze durch seinen General Tott und den Herzog[3] Adolf Friedrich erobert, und er genoß die königliche Lust, beide[4] Herzöge in ihre Staaten wieder einzusetzen. Er reiste selbst nach Güstrow,[5] wo die Einsetzung vor sich ging, um durch seine Gegenwart den Glanz 10 dieser Handlung zu erheben. Von beiden Herzögen wurde, ihren Erretter in der Mitte und ein glänzendes Gefolge von Fürsten um sich her, ein festlicher Einzug gehalten, den die Freude der Unterthanen zu dem rührendsten Feste machte. Bald nach seiner Zurückkunft nach Werben erschien der Land-15 graf[6] von Hessen-Kassel in seinem Lager, um ein enges Bünd-

Bündnis zwischen dem Landgrafen von Hessen-Kassel und Schweden. nis auf Verteidigung und Angriff mit ihm zu schließen; der erste regierende Fürst in Deutschland, der sich von freien Stücken[7] und öffentlich gegen den Kaiser erklärte, aber auch durch die 20 triftigsten Gründe dazu aufgefordert war. Landgraf Wilhelm machte sich verbindlich, den Feinden des Königs als seinen eigenen[1] zu begegnen, ihm seine Städte und sein ganzes Land aufzuthun, Proviant und alles Notwendige zu liefern. Dagegen erklärte sich der König zu seinem Freunde und Beschützer und versprach, keinen Frieden einzugehen, ohne dem Landgrafen völlige Genugthuung von dem Kaiser verschafft zu haben. Beide Teile hielten redlich Wort. Hessen=Kassel beharrte in diesem langen Kriege bei der schwedischen Allianz bis ans Ende, und es hatte Ursache, sich im Westfälischen Frieden[2] der schwedischen Freundschaft zu rühmen.

Tilly, dem dieser kühne Schritt des Landgrafen nicht lange verborgen blieb, schickte den Grafen Fugger mit einigen Regimentern gegen ihn; zugleich versuchte er, die hessischen Unterthanen durch aufrührerische Briefe gegen ihren Herrn zu empören. Seine Briefe fruchteten[3] ebenso wenig als seine Regimenter, welche ihm nachher in der Breitenfelder[4] Schlacht sehr zur Unzeit[5] fehlten — und die hessischen Landstände[6] konnten keinen Augenblick zweifelhaft sein, ob sie den Beschützer ihres Eigentums dem Räuber desselben vorziehen sollten.

Aber weit mehr als Hessen=Kassel beunruhigte den kaiserlichen General die zweideutige Gesinnung des Kurfürsten[7] von Sachsen, der, des kaiserlichen Verbots ungeachtet, seine Rüstungen fortsetzte und den Leipziger Bund[8] aufrecht hielt. Jetzt, in dieser Nähe des Königs von Schweden, da es in kurzer Zeit zu einer entscheidenden Schlacht kommen mußte, schien es ihm äußerst bedenklich, Kursachsen[9] in Waffen stehen

zu laſſen, jeden Augenblick bereit, ſich für den Feind zu er=
klären.   Eben hatte ſich Tilly mit 25,000 Mann alter
Truppen verſtärkt, welche ihm Fürſtenberg[1] zuführte, und
voll Zuverſicht auf ſeine Macht glaubte er, den Kurfürſten
5 entweder durch das[2] bloße Schrecken ſeiner Ankunft ent=
waffnen oder doch ohne Mühe überwinden zu können.   Ehe
er aber ſein Lager bei Wolmirſtedt[3] verließ, forderte er ihn

Tillys Geſandt=
ſchaft an den
Kurfürſten
von Sachſen.

durch eine eigne Geſandtſchaft auf, ſein Land
den kaiſerlichen Truppen zu öffnen, ſeine eige=
10 nen zu entlaſſen oder mit der kaiſerlichen
Armee zu vereinigen und in Gemeinſchaft mit ihr den König
von Schweden aus Deutſchland zu verjagen.   Er brachte ihm
in Erinnerung, daß Kurſachſen bisher unter allen deutſchen
Ländern am meiſten geſchont worden ſei, und bedrohte ihn
15 im Weigerungsfalle mit der ſchrecklichſten Verheerung.

Tilly hatte zu dieſem gebieteriſchen Antrag den ungün=
ſtigſten Zeitpunkt gewählt.   Die Mißhandlung ſeiner Reli=
gions= und Bundesverwandten,[4] Magdeburgs Zerſtörung, die
Ausſchweifungen der Kaiſerlichen in der Lauſitz,[5] alles kam
20 zuſammen, den Kurfürſten gegen den Kaiſer zu entrüſten.
Guſtav Adolfs Nähe, wie wenig Recht er auch an den Schutz
dieſes Fürſten haben mochte, belebte ihn mit Mut.   Er verbat
ſich die kaiſerlichen Einquartierungen und erklärte ſeinen
ſtandhaften Entſchluß, in Rüſtung zu bleiben.   So ſehr es
25 ihm auch auffallen müſſe[6] (ſetzte er hinzu), die kaiſerliche
Armee zu einer Zeit gegen ſeine Lande im Anmarſch zu

sehen, wo diese Armee genug zu thun hätte, den König von
Schweden zu verfolgen, so erwarte er dennoch nicht, anstatt
der versprochenen und wohlverdienten Belohnungen mit Un=
dank und mit dem Ruin seines Landes bezahlt zu werden.
Den Abgesandten des Tilly, welche prächtig bewirtet wurden, 5
gab er eine noch verständlichere Antwort auf den Weg.
„Meine Herren," sagte er, „ich sehe wohl, daß man gesonnen
ist, das lange gesparte sächsische Konfekt[1] endlich auch auf
die Tafel zu setzen. Aber man pflegt dabei allerlei Nüsse[2]
und Schauessen aufzutragen, die hart zu beißen sind, und sehen 10
Sie sich wohl vor, daß Sie sich die Zähne nicht daran aus=
beißen."

Jetzt brach Tilly aus seinem Lager auf, rückte unter
fürchterlichen Verheerungen bis nach Halle[3] vor und ließ von
hier aus seinen Antrag an den Kurfürsten in noch bringen= 15
derem und drohenderem Tone erneuern. Erinnert[4] man sich
der ganzen bisherigen Denkungsart[5] dieses Fürsten, der durch
eigne Neigung und durch die Eingebungen[6] seiner bestochenen[7]
Minister dem Interesse des Kaisers selbst auf[8] Unkosten seiner
heiligsten[9] Pflichten ergeben war, den man bisher mit so ge= 20
ringem Aufwand von Kunst[10] in Unthätigkeit erhalten, so
muß man über die Verblendung des Kaisers oder seiner
Minister erstaunen, ihrer bisherigen Politik gerade in dem
bedenklichsten Zeitpunkte zu entsagen und durch ein gewalt=
thätiges[11] Verfahren diesen so leicht zu[12] lenkenden Fürsten 25
aufs äußerste zu bringen. Oder war eben dieses die Absicht

des Tilly? War es ihm darum[1] zu thun, einen zweideutigen Freund in einen offenbaren Feind zu verwandeln, um dadurch der Schonung überhoben zu sein, welche der geheime Befehl des Kaisers ihm bisher gegen die Länder dieses Fürsten
5 aufgelegt hatte? War es vielleicht gar[2] die Absicht des Kaisers, den Kurfürsten zu einem feindseligen Schritt zu reizen, um seiner Verbindlichkeit dadurch quitt zu sein und eine beschwerliche Rechnung mit guter Art zerreißen zu können, so müßte man nicht weniger über den verwegenen Übermut
10 des Tilly erstaunen, der kein Bedenken trug, im Angesicht eines furchtbaren Feindes[3] sich einen neuen zu machen, und über die Sorglosigkeit eben[4] dieses Feldherrn, die Vereinigung beider ohne Widerstand zu gestatten.

Johann Georg,[5] durch den Eintritt des Tilly in seine
15 Staaten zur Verzweiflung gebracht, warf sich nicht ohne großes Widerstreben dem König von Schweden in die Arme.

Gleich nach Abfertigung der ersten Gesandtschaft des Tilly hatte er seinen Feldmarschall von Arnheim[6] aufs eilfertigste in Gustavs Lager gesendet, diesen lange vernachlässigten Mo-
20 narchen um schleunige Hilfe anzugehen. Der König verbarg die innere Zufriedenheit, welche ihm diese sehnlich gewünschte

Verhandlungen zwischen Johann Georg von Sachsen und Gustav Adolf.

Entwickelung gewährte. „Mir thut es leid um den Kurfürsten," gab er dem Abgesandten mit verstelltem[7] Kaltsinn zur Antwort. „Hätte er
25 meine wiederholten Vorstellungen geachtet, so würde sein Land keinen Feind gesehen haben, und auch Magde-

burg würde noch stehen. Jetzt, da die höchste Not ihm keinen
andern Ausweg mehr übrig läßt, jetzt wendet man sich an den
König von Schweden. Aber melden Sie ihm, daß ich weit
entfernt bin, um des Kurfürsten von Sachsen willen mich und
meine Bundesgenossen ins Verderben zu stürzen. Und wer 5
leistet mir für die Treue eines Prinzen Gewähr, dessen Minister in österreichischem Solde[1] stehen, und der mich verlassen
wird, sobald ihm der Kaiser schmeichelt und seine[2] Armee von
den Grenzen zurückzieht? Tilly hat seitdem durch eine ansehnliche Verstärkung sein Heer vergrößert, welches mich aber nicht 10
hindern soll, ihm herzhaft entgegenzugehen, sobald ich nur
meinen Rücken gedeckt weiß."

Der sächsische Minister wußte auf diese Vorwürfe nichts zu
antworten, als daß es am besten gethan sei, geschehene Dinge
in Vergessenheit zu begraben. Er drang in den König, sich 15
über die Bedingungen zu erklären, unter welchen er Sachsen
zu Hilfe kommen wollte, und verbürgte sich im voraus für
die Gewährung derselben. „Ich verlange," erwiderte Gustav,
„daß mir der Kurfürst die Festung Wittenberg[3] einräume, mir
seinen ältesten Prinzen als Geisel übergebe, meinen Truppen 20
einen dreimonatlichen Sold auszahle und mir die Verräter
in seinem Ministerium ausliefere. Unter diesen Bedingungen
bin ich bereit, ihm Beistand zu leisten."

„Nicht nur Wittenberg," rief der Kurfürst, als ihm diese
Antwort hinterbracht wurde, und trieb seinen Minister in das 25
schwedische Lager zurück; „nicht bloß Wittenberg, auch Torgau,[4]

ganz Sachsen soll ihm offen stehen, meine ganze Familie will ich ihm als Geisel übergeben; und wenn ihm das noch nicht genug ist, so will ich mich selbst ihm darbieten. Eilen Sie zurück und sagen Sie ihm, daß ich bereit bin, ihm die Verräter,
5 die er mir nennen wird, auszuliefern, seiner Armee den verlangten Sold zu bezahlen und Leben und Vermögen an die gute Sache zu setzen."

Der König hatte die neuen Gesinnungen Johann Georgs nur auf die Probe stellen wollen; von¹ dieser Aufrichtigkeit ge-
10 rührt, nahm er seine harten Forderungen zurück. „Das Mißtrauen," sagte er, „welches man² in mich setzte, als ich Magdeburg zu Hilfe kommen wollte, hat das meinige erweckt; das jetzige Vertrauen des Kurfürsten verdient, daß ich es erwidere. Ich bin zufrieden, wenn er meiner Armee einen monatlichen
15 Sold entrichtet, und ich hoffe, ihn auch für diese Ausgabe schadlos zu halten."

Gleich nach geschlossener Allianz ging der König über die Elbe und vereinigte sich schon am folgenden Tage mit den Sachsen. Anstatt diese Vereinigung zu hindern, war Tilly
20 gegen Leipzig vorgerückt, welches er aufforderte, kaiserliche Besatzung einzunehmen. In Hoffnung eines schleunigen Entsatzes machte der Kommandant, Hans von der Pforta, Anstalt, sich zu verteidigen, und ließ zu dem Ende die hallische³ Vorstadt in Asche legen. Aber der schlechte Zustand der
25 Festungswerke machte den Widerstand vergeblich und schon am zweiten Tage wurden die Thore geöffnet. Im Hause eines

Totengräbers, dem einzigen, welches in der hallischen Vorstadt
stehen geblieben war, hatte Tilly sein Quartier genommen;
hier unterzeichnete er die Kapitulation, und hier wurde auch
der Angriff des Königs von Schweden beschlossen. Beim Anblick der abgemalten Schädel und Gebeine, mit denen der Be- 5
sitzer sein Haus geschmückt hatte, entfärbte[1] sich Tilly. Leipzig
erfuhr eine über alle Erwartung gnädige Behandlung.

Unterdessen wurde zu Torgau von dem König von Schweden
und dem Kurfürsten von Sachsen im Beisein des Kurfürsten
von Brandenburg[2] großer Kriegsrat gehalten. Eine Ent- 10
schließung sollte jetzt gefaßt werden, welche das Schicksal
Deutschlands und der evangelischen Religion, das Glück vieler
Völker und das Los ihrer Fürsten unwiderruflich bestimmte.
Die Bangigkeit der Erwartung, die auch die Brust des Helden
vor jeder großen Entscheidung beklemmt, schien jetzt die Seele 15
Gustav Adolfs in einem Augenblick zu umwölken.[3] „Wenn
wir uns jetzt zu einer Schlacht entschließen," sagte er, „so
steht nicht weniger als eine Krone[4] und zwei Kurhüte[5]
auf dem Spiele. Das Glück ist wandelbar, und
der unerforschliche Ratschluß des Himmels kann   Kriegsrat zu
unsrer Sünden wegen dem Feinde den Sieg verleihen.   Torgau. 20
Zwar möchte m e i n e Krone, wenn sie meine Armee und mich
selbst auch verlöre, noch eine Schanze[6] zum besten haben.
Weit entlegen, durch eine ansehnliche Flotte beschützt, in ihren
Grenzen wohl verwahrt und durch ein streitbares Volk ver- 25
teidigt, würde sie wenigstens vor dem ärgsten[7] gesichert sein.

Wo[1] aber Rettung für e u ch, denen der Feind auf dem Nacken
liegt, wenn das Treffen[2] verunglücken sollte?"

Gustav Adolf zeigte das bescheidene Mißtrauen eines Hel=
den, den das Bewußtsein seiner Stärke gegen die Größe der
5 Gefahr nicht verblendet; Johann Georg die Zuversicht eines
Schwachen, der einen Helden an seiner Seite weiß. Voll Un=
geduld, seine Lande[3] von zwei[4] beschwerlichen Armeen bald=
möglichst[5] befreit zu sehen, brannte er nach einer Schlacht, in
welcher keine alten Lorbeern[6] für ihn zu verlieren waren. Er
10 wollte mit seinen Sachsen allein gegen Leipzig vorrücken und
sich mit Tilly schlagen. Endlich trat Gustav Adolf seiner
Meinung bei,[7] und beschlossen war es, ohne Aufschub den
Feind anzugreifen, ehe er die Verstärkungen, welche die Gene=
rale Altringer[8] und Tiefenbach[9] ihm zuführten, an sich ge=
15 zogen hätte. Die vereinigte schwedisch=sächsische Armee setzte
über die Mulda;[10] der Kurfürst von Brandenburg reiste wieder
in sein Land.

Früh morgens am 7. September 1631 bekamen die feind=
lichen Armeen einander zu Gesichte. Tilly, entschlossen, die
20 herbeieilenden Hilfstruppen zu erwarten, nachdem er versäumt
hatte, die sächsische Armee vor ihrer Vereinigung mit den
Schweden niederzuwerfen, hatte unweit Leipzig ein festes und
vorteilhaftes Lager bezogen, wo er hoffen konnte, zu keiner
Schlacht gezwungen zu werden. Das ungestüme Anhalten[11]
25 Pappenheims vermochte ihn endlich doch, sobald die feindlichen
Armeen im Anzug begriffen waren, seine Stellung zu ver=

ändern und sich linker Hand gegen die Hügel hinzuziehen,
welche sich vom Dorfe Wahren[1] bis nach Lindenthal erheben.
Am Fuß dieser Anhöhen war seine Armee in einer einzigen
Linie ausgebreitet; seine Artillerie, auf den Hügeln verteilt,
konnte die ganze große Ebene von Breitenfeld[2] bestreichen.[3]   5
Von daher näherte sich in zwei Kolonnen die schwedisch-säch-
sische Armee und hatte bei Podelwitz, einem vor der Tillyschen
Fronte liegenden Dorfe, die Lober[4] zu passieren. Um ihr den
Übergang über diesen Bach zu erschweren, wurde Pappenheim
mit 2000 Kürassieren gegen sie beordert, doch erst nach langem   10
Widerstreben des Tilly und mit dem ausdrücklichen Befehl, ja[5]
keine Schlacht anzufangen. Dieses Verbots ungeachtet, wurde
Pappenheim mit dem schwedischen Vortrabe handgemein, aber
nach einem kurzen Widerstand zum Rückzug genötigt. Um den
Feind aufzuhalten, steckte er Podelwitz in Brand, welches   15
jedoch die beiden Armeen nicht hinderte, vorzurücken und ihre
Schlachtordnung zu machen.

Zur Rechten stellten sich die Schweden, in zwei Treffen[6] abgeteilt, das Fußvolk in der Mitte, in kleine Bataillone zer-
stückelt, welche leicht zu bewegen und, ohne die Ordnung zu   20
stören, der schnellsten Wendungen[7] fähig waren; die Reiterei
auf den Flügeln, auf ähnliche Art in kleine
Schwadronen abgesondert und durch mehrere   Schlachtordnung
Haufen Musketiere unterbrochen, welche ihre   des schwedisch-
                                                  sächsischen Heeres.
schwache Anzahl verbergen und die feindlichen Reiter herunter-   25
schießen sollten. In der Mitte kommandierte der Oberst

Teufel, auf dem linken Flügel Guſtav Horn, der König ſelbſt
auf dem rechten, dem Grafen Pappenheim gegenüber.

Die Sachſen ſtanden durch einen breiten Zwiſchenraum
von den Schweden getrennt; eine Veranſtaltung Guſtavs,
5 welche der Ausgang[1] rechtfertigte. Den Plan der Schlacht=
ordnung hatte der Kurfürſt ſelbſt mit ſeinem Feldmarſchall[2] ent=
worfen und der König ſich bloß begnügt, ihn zu genehmigen.
Sorgfältig, ſchien es, wollte er die ſchwediſche Tapferkeit
von der ſächſiſchen abſondern, und das Glück vermengte ſie
10 nicht.

Unter den Anhöhen gegen Abend[3] breitete ſich der Feind
aus in einer langen unüberſehbaren Linie, welche weit genug
reichte, das ſchwediſche Heer zu überflügeln;[4] das Fußvolk in
große Bataillone abgeteilt, die Reiterei in ebenſo große un=
15 behilfliche Schwadronen. Sein Geſchütz hatte er hinter ſich
auf den Anhöhen, und ſo ſtand er unter dem Gebiet[5] ſeiner
eigenen Kugeln, die über ihn hinweg ihren Bogen machten.
Tillys Poſition. Aus dieſer Stellung des Geſchützes, wenn
anders dieſer ganzen Nachricht zu trauen iſt, ſollte man beinahe
20 ſchließen, daß Tillys Abſicht vielmehr geweſen ſei, den Feind
zu erwarten, als anzugreifen, da dieſe Anordnung es ihm un=
möglich machte, in die feindlichen Glieder einzubrechen, ohne ſich
in das Feuer ſeiner eigenen Kanonen zu ſtürzen. Tilly ſelbſt
befehligte das Mittel,[6] Pappenheim den linken Flügel, den
25 rechten der Graf von Fürſtenberg. Sämtliche Truppen des
Kaiſers und der Ligue betrugen an dieſem Tag nicht über

34—35,000 Mann; von gleicher Stärke war die vereinigte
Armee der Schweden und Sachsen.

Aber wäre[1] auch eine Million der andern gegenüber gestan=
den — es hätte diesen Tag blutiger, nicht wichtiger, nicht ent=
scheidender machen können. Dieser Tag war es, um dessent= 5
willen[2] Gustav das Baltische Meer durchschiffte, auf entlegener
Erde der Gefahr nachjagte, Krone und Leben dem untreuen
Glück anvertraute. Die zwei[3] größten Heerführer ihrer Zeit,
beide bis hierher unüberwunden, sollen jetzt in einem lange
vermiedenen Kampfe mit einander ihre letzte Probe bestehen, 10
einer von beiden muß seinen Ruhm auf dem Schlachtfelde
zurücklassen. Beide Hälften[4] von Deutschland haben mit
Furcht und Zittern diesen Tag herannahen sehen; bang er=
wartet die ganze Mitwelt den Ausschlag desselben, und die
späte Nachwelt wird ihn segnen oder beweinen.   15

Die Entschlossenheit, welche den Grafen Tilly sonst nie ver=
ließ, fehlte ihm an diesem Tage. Kein fester Vorsatz, sich mit
dem König zu schlagen, ebenso wenig Standhaftigkeit, es zu
vermeiden. Wider seinen Willen riß ihn Pappenheim dahin.
Nie gefühlte Zweifel kämpften in seiner Brust, schwarze Ah= 20
nungen[5] umwölkten seine immer freie Stirne. Der Geist[6] von
Magdeburg schien über ihm zu schweben.

Ein zweistündiges Kanonenfeuer eröffnete die Schlacht.
Der Wind wehte von Abend[7] und trieb aus dem frisch be=
ackerten,[8] ausgedörrten[9] Gefilde[10] dicke Wolken von Staub 25
und Pulverrauch den Schweden entgegen. Dies bewog den

König, sich unvermerkt gegen Norden zu schwenken, und die
Schnelligkeit, mit der solches ausgeführt war, ließ dem Feinde
nicht Zeit, es zu verhindern.

Endlich verließ Tilly seine Hügel und wagte den ersten An=
5 griff auf die Schweden; aber von der Heftigkeit ihres Feuers
wendete er sich zur Rechten und fiel in die Sachsen mit solchem
Ungestüm, daß ihre Glieder sich trennten und Verwirrung
das ganze Heer ergriff. Der Kurfürst selbst besann[1] sich erst
in Eilenburg[2] wieder; wenige Regimenter hielten noch eine
10 Zeitlang auf dem Schlachtfelde stand[3] und retteten durch
ihren männlichen Widerstand die Ehre der Sachsen. Kaum

Flucht der   sah man diese in Unordnung geraten, so stürzten
Sachsen.   die Kroaten[4] zur Plünderung, und Eilboten wur=
den schon abgefertigt, die Zeitung[5] des Siegs zu München[6]
15 und Wien[7] zu verkündigen.

Auf den rechten Flügel der Schweden stürzte sich Graf Pap=
penheim mit der ganzen Stärke seiner Reiterei, aber ohne ihn
zum Wanken zu bringen. Hier kommandierte der König selbst
und unter ihm der General Banner.[8] Siebenmal erneuerte
20 Pappenheim seinen Angriff, und siebenmal schlug man ihn
zurück. Er entfloh mit einem großen Verluste und überließ
das Schlachtfeld dem Sieger.

Unterdessen hatte Tilly den Überrest der Sachsen nieder=
geworfen und brach nunmehr in den linken Flügel der Schwe=
25 den mit seinen siegenden Truppen. Diesem Flügel hatte der
König, sobald sich[9] die Verwirrung unter dem sächsischen Heere

entdeckte, mit schneller Besonnenheit drei Regimenter zur Ver=
stärkung gesendet, um die Flanke zu decken, welche die Flucht
der Sachsen entblößte. Gustav Horn, der hier das Kom=
mando führte, leistete den feindlichen Kürassieren einen herz=
haften Widerstand, den die Verteilung des Fuß=   Sieg der   5
volks zwischen den Schwadronen nicht wenig unter=   Schweden.
stützte. Schon fing der Feind an zu ermatten, als Gustav
Adolf erschien, dem Treffen den Ausschlag zu geben. Der
linke Flügel der Kaiserlichen war geschlagen, und seine[1] Trup=
pen, die jetzt keinen Feind mehr hatten, konnten anderswo besser   10
gebraucht werden. Er schwenkte sich also mit seinem rechten
Flügel und dem Hauptkorps[2] zur Linken und griff die Hügel
an, auf welche das feindliche Geschütz gepflanzt war. In
kurzer Zeit war es in seinen Händen, und der Feind mußte jetzt
das Feuer seiner eignen Kanonen erfahren.   15

Auf seiner Flanke das Feuer des Geschützes, von vorn den
fürchterlichen Andrang der Schweden, trennte sich das nie
überwundene Heer.[3] Schneller Rückzug war alles, was dem
Tilly nun übrig blieb; aber der Rückzug selbst mußte mitten
durch den Feind genommen werden. Verwirrung ergriff jetzt   20
die ganze Armee, vier Regimenter ausgenommen grauer, ver=
suchter[4] Soldaten, welche nie von einem Schlachtfelde geflohen
waren und es auch jetzt nicht wollten. In geschlossenen Glie=
dern[5] drangen sie mitten durch die siegende   Rückzug Tillys.
Armee und erreichten fechtend ein kleines Gehölz, wo sie aufs   25
neue Front gegen die Schweden machten und bis zu ein=

brechender Nacht, bis sie auf 600 geschmolzen waren, Widerstand leisteten. Mit ihnen entfloh der ganze Überrest des Tillyschen Heeres, und die Schlacht war entschieden.

Mitten unter Verwundeten und Toten warf Gustav Adolf
5 sich nieder, und die erste feurigste Siegesfreude ergoß sich in einem glühenden Gebete. Den flüchtigen Feind ließ er, soweit das tiefe Dunkel der Nacht es verstattete, durch seine Reiterei verfolgen. Das Geläute der Sturmglocken[1] brachte in allen umliegenden Dörfern das Landvolk in Bewegung, und
10 verloren war der Unglückliche, der dem ergrimmten Bauer in die Hände fiel. Mit dem übrigen Heere lagerte sich der König zwischen dem Schlachtfeld und Leipzig, da es nicht möglich war, die Stadt noch in derselben Nacht anzugreifen. 7000 waren von den Feinden auf dem Platze geblieben, über 5000
15 teils gefangen, teils verwundet. Ihre ganze Artillerie, ihr ganzes Lager war erobert, über 100 Fahnen und Standarten erbeutet. Von den Sachsen wurden 2000, von den Schweden nicht über 700 vermißt. Die Niederlage der Kaiserlichen war so groß, daß Tilly auf seiner Flucht nach Halle und Halberstadt
20 nicht über 600 Mann, Pappenheim nicht über 1400 zusammenbringen konnte. So schnell war dieses furchtbare Heer zergangen, welches noch kürzlich ganz Italien[2] und Deutschland in Schrecken gesetzt hatte.

Tilly selbst dankte seine Rettung nur dem Ungefähr.[3] Ob-
25 gleich von vielen Wunden ermattet, wollte er sich einem schwedischen Rittmeister,[4] der ihn einholte, nicht gefangen geben,

und schon war dieser im Begriff, ihn zu töten, als ein Pistolen=
schuß ihn[1] noch zu rechter Zeit zu Boden streckte.   Aber schreck=
licher als Todesgefahr und Wunden war ihm der Schmerz,
seinen Ruhm zu überleben und an einem einzigen Tage die
Arbeit eines ganzen langen Lebens zu verlieren.   **Tillys Stern im**   5
Nichts waren jetzt alle seine vergangenen   **Sinken.**
Siege, da ihm der einzige entging, der jenen allen erst die
Krone aufsetzen sollte.   Nichts blieb ihm übrig von seinen
glänzenden Kriegsthaten als die Flüche der Menschheit, von
denen sie begleitet waren.   Von diesem Tage an gewann Tilly   10
seine Heiterkeit nicht wieder, und das Glück kehrte nicht mehr
zu ihm zurück.

Gustav Adolf in Süddeutschland. Der Übergang über den Lech. (Oktober 1631—April 1632.) — Mit triumphie=
renber Freude empfing die Reichsstadt[1] Nürnberg[2] den Be=
schützer protestantischer Religion und beutscher Freiheit, und
5 ber schwärmerische Enthusiasmus der Bürger ergoß sich bei
seinem Anblick in rührende Äußerungen des Jubels und der
Bewunderung.   Gustav selbst konnte sein Erstaunen nicht
unterbrücken, sich hier in biefer Stadt, im Mittelpunkte
Deutschlands, zu sehen, bis wohin er nie gehofft hatte seine
10 *Gustav Adolf in* Fahnen auszubreiten.   Der eble schöne An=
   Nürnberg. stanb[3] seiner Person vollendete den Eindruck
seiner glorreichen Thaten, und die Herablassung, womit er die
Begrüßung biefer Reichsstadt erwiderte, hatte ihm in wenig
Augenblicken alle Herzen erobert.   In Person bestätigte er
15 jetzt das Bündnis, das er schon an den Ufern des Belts[4] mit
berselben errichtet hatte, und verband alle Bürger zu einem
glühenden Thateneifer[5] und brüderlicher Eintracht gegen den
gemeinschaftlichen Feind.   Nach einem kurzen Aufenthalt in
Nürnbergs Mauern folgte er seiner Armee gegen die Donau
20 und stand vor der Grenzfestung Donauwörth,[6] ehe man einen
Feind ba vermutete.   Eine zahlreiche bayrische Besatzung

verteidigte diesen Platz, und der Anführer derselben, Rudolf
Maximilian, Herzog von Sachsen=Lauenburg, zeigte anfangs
die mutigste Entschlossenheit, sich bis zur An= *Einnahme von*
kunft des Tilly zu halten.   Bald aber zwang *Donauwörth.*
ihn der Ernst, mit welchem Gustav Adolf die Belagerung 5
anfing, auf einen schnellen und sichern Abzug zu denken, den
er auch unter dem heftigsten Feuer des schwedischen Geschützes
glücklich ins Werk[1] richtete.

Die Einnahme Donauwörths öffnete dem König das jen=
seitige[2] Ufer der Donau, und nur der kleine Lechstrom[3] trennte 10
ihn noch von Bayern.   Diese nahe Gefahr seiner Länder
weckte die ganze Thätigkeit Maximilians,[4] und so leicht er es
bis jetzt dem Feind gemacht hatte, bis an die Schwelle seiner
Staaten zu dringen, so entschlossen zeigte er sich nun, ihm
den letzten Schritt zu erschweren.   Jenseits des Lechs bei 15
der kleinen Stadt Rain bezog Tilly ein wohlbefestigtes Lager,
welches, von drei Flüssen umgeben, jedem Angriffe Trotz bot.
Alle Brücken über den Lech hatte man abgeworfen; die ganze
Länge des Stroms bis Augsburg[5] durch starke Besatzungen
verteidigt und sich dieser Reichsstadt selbst, welche längst schon 20
ihre Ungeduld blicken ließ, dem Beispiel[6] Nürnbergs zu folgen,
durch Einführung einer bayrischen[7] Garnison und Entwaffnung[8]
der Bürger versichert.   Der Kurfürst selbst *Tillys festes*
schloß sich mit allen Truppen, die er hatte *Lager am Lech.*
aufbringen können, in das Tillysche Lager ein, gleich als ob 25
an diesem einzigen Posten alle seine Hoffnungen hafteten und

das Glück der Schweden an dieser äußersten Grenzmauer
scheitern sollte.

Bald erschien Gustav Adolf am Ufer, den bayrischen Ver=
schanzungen[1] gegenüber, nachdem er sich das ganze augsburgi=
5 sche Gebiet diesseits des Lechs unterworfen und seinen Truppen
eine reiche Zufuhr aus diesem Landstrich geöffnet hatte. Es
war im Märzmonat,[2] wo dieser Strom von häufigen Regen=
güssen und von dem Schnee der tyrolischen[3] Gebirge zu einer
ungewöhnlichen Höhe schwillt und zwischen steilen Ufern mit
10 reißender Schnelligkeit flutet. Ein gewisses Grab öffnete sich
dem waghälsigen[4] Stürmer in seinen Wellen, und am ent=
gegenstehenden Ufer zeigten ihm die feindlichen Kanonen ihre
mörderischen Schlünde.[5] Ertrotzte[6] er dennoch mitten durch die
Wut des Wassers und des Feuers den fast unmöglichen Über=
15 gang, so erwartet die ermatteten Truppen ein frischer und
mutiger Feind in einem unüberwindlichen Lager, und nach
Erholung schmachtend, finden sie eine Schlacht. Mit er=
schöpfter Kraft müssen sie die feindlichen Schanzen ersteigen,
deren Festigkeit jedes Angriffs zu spotten scheint. Eine Nieder=
20 lage, an diesem Ufer erlitten, führt sie unvermeidlich zum
Untergange; denn derselbe Strom, der ihnen die Bahn zum
Siege erschwert, versperrt ihnen alle Wege zur Flucht, wenn
das Glück sie verlassen sollte.

Der schwedische Kriegsrat, den der Monarch jetzt versam=
25 melte, machte das ganze Gewicht dieser Gründe gelten,[7] um
die Ausführung eines so gefahrvollen Unternehmens zu hin=

dern. Auch die Tapfersten zagten, und eine ehrwürdige
Schar im Dienste grau gewordener Krieger errötete nicht,
ihre Besorgnisse zu gestehen. Aber der Entschluß des Königs
war gefaßt. „Wie?" sagte er zu Gustav Horn, der das Wort[1]
für die übrigen führte, „über die Ostsee, über so viele große   5
Ströme Deutschlands hätten[2] wir gesetzt, und vor einem
Bache, vor diesem Lech hier, sollten wir ein Unternehmen
aufgeben?" Er hatte bereits bei Besichtigung[3] der Gegend,
die er mit mancher Lebensgefahr anstellte, die Entdeckung gemacht, daß das diesseitige Ufer über das jenseitige merklich[4]   10
hervorrage, und die Wirkung des schwedischen Geschützes vor-
zugsweise vor dem des Feindes begünstige. Mit schneller
Besonnenheit wußte er diesen Umstand zu nützen. Unver-
züglich ließ er an der Stelle, wo sich das linke Ufer des Lechs
gegen das rechte zu krümmte,[5] drei Batterieen aufwerfen, von   15
welchen 72 Feldstücke[6] ein kreuzweises Feuer gegen den Feind
unterhielten. Während daß diese wütende Kanonade die
Bayern von dem jenseitigen Ufer entfernte, ließ er in größter
Eilfertigkeit über den Lech eine Brücke schlagen; ein dicker
Dampf,[7] aus angezündetem Holz und nassem Stroh in einem[8]   20
fort unterhalten, entzog das aufsteigende[9] Werk lange Zeit
den Augen der Feinde, indem zugleich der fast ununterbrochene
Donner des Geschützes das Getöse der Zimmerärzte[10] unhörbar
machte. Er selbst ermunterte durch sein eigenes Beispiel den
Eifer der Truppen und brannte mit eigner Hand über 60 Ka-   25
nonen ab. Mit gleicher Lebhaftigkeit wurde diese Kanonade

zwei Stunden lang von den Bayern, wiewohl mit ungleichem
Vorteil, erwidert, da die hervorragenden Batterieen der
Schweden das jenseitige niedre Ufer beherrschten und die
Höhe des ihrigen[1] ihnen gegen das feindliche Geschütz zur
Brustwehr diente. Umsonst strebten die Bayern, die feind=
lichen Werke[2] vom Ufer aus zu zerstören; das überlegene
Geschütz der Schweden verscheuchte sie; und sie mußten die
Brücke fast unter ihren Augen vollendet sehen. Tilly that
an diesem schrecklichen Tage das Äußerste, den Mut der
Seinigen zu entflammen, und keine noch so drohende Gefahr

Tilly tödlich verwundet. konnte ihn von dem Ufer abhalten. Endlich
fand ihn der Tod, den er suchte. Eine Falko=
nettkugel[3] zerschmetterte ihm das Bein, und bald nach ihm ward
auch Altringer,[4] sein gleich tapferer Streitgenosse, am Kopfe
gefährlich verwundet. Von der begeisternden Gegenwart dieser
beiden Führer verlassen, wankten endlich die Bayern, und
wider seine Neigung wurde selbst Maximilian zu einem klein=
mütigen Entschluß fortgerissen. Von den Vorstellungen des
sterbenden Tilly besiegt, dessen gewohnte Festigkeit der an=
nähernde Tod überwältigt hatte, gab er voreilig seinen un=

Gustav Adolf überschreitet den Lech. überwindlichen Posten verloren, und eine von
den Schweden entdeckte Furt, durch welche die
Reiterei im Begriff war den Übergang zu
wagen, beschleunigte seinen mutlosen Abzug. Noch in der=
selben Nacht brach er, ehe noch ein feindlicher Soldat über den
Lechstrom gesetzt hatte, sein Lager ab, und ohne dem Könige

Zeit zu lassen, ihn auf seinem Marsch zu beunruhigen, hatte
er sich in bester Ordnung nach Neuburg[1] und Ingolstadt gezogen. Mit Befremdung sah Gustav Adolf, der am folgenden
Tage den Übergang vollführte, das feindliche Lager leer, und
die Flucht des Kurfürsten erregte seine Verwunderung noch 5
mehr, als er die Festigkeit des verlassenen Lagers entdeckte.
„Wär' ich der Bayer[2] gewesen," rief er erstaunt aus, „nimmermehr — und hätte mir auch eine Stückkugel[3] Bart und Kinn
weggenommen — nimmermehr würde ich einen Posten wie
diesen da verlassen und dem Feinde meine Staaten geöffnet 10
haben."

Jetzt also lag Bayern dem Sieger offen, und die Krieges-
flut, die bis jetzt nur an den Grenzen dieses Landes gestürmt
hatte, wälzte sich zum erstenmal über seine lange verschonten,
gesegneten Fluren. Bevor sich aber der König an Eroberung 15
dieses feindlich gesinnten Landes wagte, entriß er erst die
Reichsstadt Augsburg dem[4] bayrischen Joche, nahm ihre Bürger
in Pflichten und versicherte sich ihrer Treue
durch eine zurückgelassene Besatzung. Darauf
rückte er in beschleunigten Märschen gegen Ingolstadt an, um 20
durch Einnahme dieser wichtigen Festung, welche der Kurfürst[5]
mit einem großen Teile seines Heeres deckte, seine Eroberungen
in Bayern zu sichern und festen Fuß an der Donau zu fassen.

Bald nach seiner Ankunft vor Ingolstadt beschloß der ver-
wundete Tilly in den Mauern dieser Stadt seine Laufbahn, 25
nachdem er alle Launen des untreuen Glücks erfahren hatte.

**Gustav Adolf
in Augsburg.**

Von der überlegenen Feldherrngröße Gustav Adolfs zermalmt, sah er am Abend seiner Tage alle Lorbeern seiner frühern Siege dahinwelken und befriedigte durch eine Kette von Wider=

Tillys Tod. wärtigkeiten die Gerechtigkeit des Schicksals und
5 Magdeburgs zürnende Manen.[1] In ihm verlor die Armee des Kaisers und der Ligue einen unersetzlichen Führer, die katholische Religion den eifrigsten ihrer Verteidiger, und Maximilian von Bayern den treusten seiner Diener, der seine Treue durch den Tod versiegelte und die Pflichten des Feld=
10 herrn auch noch sterbend erfüllte. Sein letztes Vermächtnis an den Kurfürsten war die Ermahnung, die Stadt Regensburg[2] zu besetzen, um Herr der Donau und mit Böhmen in Verbindung zu bleiben.

Die Schlacht bei Lützen. Gustav Adolfs Tod. (6. November 1632.) — Die Landstraße, welche von Weißenfels[1] nach Leipzig führt, wird zwischen Lützen und Markranstädt von dem Floßgraben[2] durchschnitten, der sich von Zeit nach Merseburg erstreckt und die Elster[3] mit der Saale[4] verbindet. An diesen Kanal lehnte sich der linke Flügel der Kaiserlichen und der rechte des Königs von Schweden, doch so, daß sich die Reiterei beider Teile noch jenseits desselben verbreitete. Nordwärts hinter Lützen hatte sich Wallensteins[5] rechter Flügel und südwärts von diesem Städtchen der linke Flügel des schwedischen Heers gelagert. Beide Armeen kehrten der Landstraße ihre Fronte zu, welche mitten durch sie hinging und eine Schlachtordnung von der andern absonderte. Aber eben dieser Landstraße hatte sich Wallenstein am Abend vor der Schlacht zum großen Nachteil seines Gegners bemächtigt, die zu beiden Seiten derselben fortlaufenden Gräben vertiefen und durch Musketiere besetzen lassen, daß der Übergang ohne Beschwerlichkeit und Gefahr nicht zu wagen war. Hinter denselben ragte eine Batterie von sieben großen Kanonen hervor, das Musketenfeuer aus den Gräben zu unterstützen, und an den Windmühlen nahe hinter Lützen waren 14 kleinere Feldstücke[6] auf einer Anhöhe auf-gepflanzt, von der man einen großen Teil der Ebne bestreichen[1]

Schlachtordnung der Kaiserlichen. konnte. Die Infanterie, in nicht mehr als fünf große und unbehilfliche Brigaden verteilt, stand in einer Entfernung von 300 Schritten hinter der Landstraße in Schlachtordnung, und die Reiterei bedeckte die Flanken. Alles Gepäck ward nach Leipzig geschickt, um die Bewegungen des Heeres nicht zu hindern, und bloß die Munitionswagen[2] hielten hinter dem Treffen.[3] Um die Schwäche der Armee zu verbergen, mußten alle Troßjungen[4] und Knechte[5] zu Pferde sitzen und sich an den linken Flügel anschließen; doch nur so lange, bis die Pappenheimischen[6] Völker anlangten. Diese ganze Anordnung geschah in der Finsternis der Nacht, und ehe der Tag graute, war alles zum Empfang des Feindes bereit.

Noch an eben[7] diesem Abend erschien Gustav Adolf auf der gegenüberliegenden Ebene und stellte seine Völker zum Treffen. Die Schlachtordnung war dieselbe, wodurch er das Jahr vorher bei Leipzig[8] gesiegt hatte. Durch das Fußvolk wurden kleine Schwadronen verbreitet, unter die Reiterei hin und wieder eine Anzahl Musketiere verteilt. Die ganze Armee stand in zwei Linien, den Floßgraben zur Rechten und hinter **Schlachtordnung der Schweden.** sich, vor sich die Landstraße und die Stadt Lützen zur Linken. In der Mitte hielt das Fußvolk unter des Grafen von Brahe[9] Befehlen, die Reiterei auf den Flügeln und vor der Fronte das Geschütz. Einem deutschen Helden, dem Herzog Bernhard von Weimar,[10] war

die deutsche Reiterei des linken Flügels untergeben, und auf
dem rechten führte der König selbst seine Schweden an, die
Eifersucht beider Völker zu einem edeln Wettkampfe zu erhitzen.
Auf ähnliche Art war das zweite Treffen geordnet, und hinter
demselben hielt ein Reservekorps unter Hendersons, eines   5
Schottländers, Kommando.

Also[1] gerüstet erwartete man die blutige Morgenröte, um
einen Kampf zu beginnen, den mehr der lange Aufschub als
die Wichtigkeit der möglichen Folgen, mehr die Auswahl als
die Anzahl der Truppen furchtbar und merkwürdig machten.   10
Die gespannten Erwartungen Europens,[2] die man im Lager
vor Nürnberg[3] hinterging, sollten nun in den Ebenen Lützens
befriedigt werden.   Zwei solche Feldherren,[4] so gleich an Ansehen, an Ruhm und an Fähigkeit, hatten im ganzen Laufe
dieses Kriegs noch in keiner offenbaren Schlacht ihre Kräfte 15
gemessen, eine so hohe Wette noch nie die Kühnheit geschreckt,
ein so wichtiger Preis noch nie die Hoffnung begeistert.   Der
morgende Tag sollte Europa seinen ersten Kriegsfürsten kennen[5]
lehren und einen Überwinder dem nie Überwundenen geben.
Ob am Lechstrom[6] und bei Leipzig[7] Gustav Adolfs Genie[8] 20
oder nur die Ungeschicklichkeit seines Gegners   Wallenstein und
den Ausschlag bestimmte, mußte der morgende   Gustav Adolf.
Tag außer Zweifel setzen.   Morgen mußte Friedlands[9] Ver-
dienst die Wahl des Kaisers rechtfertigen und die Größe des
Mannes die Größe des Preises[10] aufwägen, um den er erkauft 25
worden war.   Eifersüchtig teilte jeder einzelne Mann im

Heer seines Führers Ruhm, und unter jedem Harnische wech=
selten[1] die Gefühle, die den Busen der Generale durchflamm=
ten.   Zweifelhaft war der Sieg, gewiß[2] die Arbeit und das
Blut, das er dem Überwinder wie dem Überwundenen kosten
5 mußte.   Man kannte den Feind vollkommen, dem man jetzt
gegenüberstand, und die Bangigkeit, die man vergeblich be=
kämpfte, zeugte glorreich für seine[3] Stärke.

Endlich erscheint der gefürchtete Morgen; aber ein undurch=
dringlicher Nebel, der über das ganze Schlachtfeld verbreitet
10 liegt, verzögert den Angriff noch bis zur Mittagsstunde.   Vor
der Fronte knieend, hält der König seine Andacht; die ganze
Armee, auf die Knie hingestürzt, stimmt zu gleicher Zeit
ein rührendes Lied[4] an, und die Feldmusik[5] begleitet den
Gesang.   Dann steigt der König zu Pferde, und bloß mit
15 einem ledernen Goller[6] und einem Tuchrock bekleidet (eine
Am Morgen vor   vormals empfangene Wunde erlaubte ihm
der Schlacht.   nicht mehr, den Harnisch zu tragen), durch=
reitet er die Glieder, den Mut der Truppen zu einer frohen
Zuversicht zu entflammen, die sein eigner ahndungsvoller[7]
20 Busen verleugnet.   „Gott mit uns!" war das Wort[8] der
Schweden; das der Kaiserlichen: „Jesus Maria."   Gegen
11 Uhr fängt der Nebel an, sich zu zerteilen, und der Feind
wird sichtbar.   Zugleich sieht man Lützen in Flammen stehen,
auf Befehl des Herzogs[9] in Brand gesteckt, damit er von dieser
25 Seite nicht überflügelt[10] würde.   Jetzt tönt die Losung,[11] die
Reiterei sprengt gegen den Feind, und das Fußvolk[12] ist im
Anmarsch gegen die Gräben.

Von[1] einem fürchterlichen Feuer der Musketen und des dahinter gepflanzten groben[2] Geschützes empfangen, setzen diese tapfern Bataillone[3] mit unerschrockenem Mut ihren Angriff fort, die feindlichen[4] Musketiere verlassen ihren Posten, die Gräben sind übersprungen, die Batterie selbst wird erobert 5 und sogleich gegen den Feind gerichtet. Sie dringen weiter mit unaufhaltsamer Gewalt, die erste der fünf friedländischen[5] Brigaden wird niedergeworfen, gleich darauf die zweite, und schon wendet sich die dritte zur Flucht; aber hier stellt sich der schnell gegenwärtige Geist des Herzogs[6] ihrem Andrang ent= 10 gegen. Mit Blitzesschnelligkeit ist er da, der Unordnung seines Fußvolks zu steuern, und seinem Machtwort gelingt's,[7] die Fliehenden zum Stehen zu be= wegen. Von drei Kavallerieregimentern unter=

Auf dem linken Flügel der Schweden.

stützt, machen die schon geschlagenen Brigaden aufs neue 15 Front gegen den Feind und bringen mit Macht in seine zerrissenen Glieder. Ein mörderischer Kampf erhebt sich, der nahe[8] Feind giebt dem Schießgewehr keinen Raum, die Wut des Angriffs keine Frist mehr zur Ladung,[9] Mann ficht gegen Mann, das unnütze Feuerrohr[10] macht dem Schwert und der 20 Pike Platz und die Kunst der Erbitterung. Überwältigt von der Menge, weichen endlich die ermatteten Schweden über die Gräben zurück, und die schon eroberte Batterie geht bei diesem Rückzug verloren. Schon bedecken tausend verstüm= melte Leichen das Land, und noch ist kein Fuß breit Erde 25 gewonnen.

Indessen hat der rechte Flügel des Königs, von ihm selbst angeführt, den linken des Feindes angefallen. Schon der erste machtvolle Andrang der schweren finnländischen[1] Küras= siere zerstreute die leicht berittnen Polen und Kroaten, die
5 sich an diesen Flügel anschlossen, und ihre unordentliche Flucht teilte auch der übrigen[2] Reiterei Furcht und Verwirrung mit. In diesem Augenblick hinterbringt[3] man dem König, daß seine Infanterie über die Gräben zurückweiche und auch sein linker Flügel durch das feindliche Geschütz von den Windmühlen
10 aus furchtbar geängstigt und schon zum Weichen gebracht werde. Mit schneller Besonnenheit überträgt er dem General von Horn, den schon geschlagenen linken Flügel des Feindes zu verfolgen, und er selbst eilt an der Spitze des Sten= bockischen[4] Regiments davon, der Unordnung[5] seines eigenen
15 linken Flügels abzuhelfen. Sein edles Roß
Auf dem rechten Flügel der Schweden. trägt ihn pfeilschnell über die Gräben; aber schwerer wird den nachfolgenden Schwadronen der Übergang, und nur wenige Reiter, unter denen Franz Albert,[6] Herzog von Sachsen=Lauenburg, genannt wird, waren
20 behend genug, ihm zur Seite zu bleiben. Er sprengte gerade= wegs demjenigen Orte zu, wo sein Fußvolk am gefährlichsten bedrängt war, und indem er seine Blicke umhersendet, irgend eine Blöße[7] des feindlichen Heers auszuspähen, auf die er den Angriff richten könnte, führt ihn sein kurzes[8] Gesicht zu nah an
25 dasselbe. Ein kaiserlicher Gefreiter[9] bemerkt, daß dem Vor= übersprengenden alles[10] ehrfurchtsvoll Platz macht, und schnell

befiehlt er einem Musketier, auf ihn anzuschlagen.[1] „Auf den[2] dort schieße," ruft er, „das muß ein vornehmer Mann sein." Der Soldat drückt ab, und dem König wird der linke Arm zer= schmettert. In diesem Augenblick kommen seine Schwadronen dahergesprengt, und ein verwirrtes Geschrei: „Der König 5 blutet! — Der König ist erschossen!" breitet unter den An= kommenden Schrecken und Entsetzen aus. „Es ist nichts — folgt mir!" ruft der König, seine ganze Stärke zusammen= raffend; aber überwältigt von Schmerz und der Ohnmacht nahe, bittet er in französischer Gustav Adolf
tödlich verwundet. 10 Sprache den Herzog von Lauenburg, ihn ohne Aufsehen aus dem Gedränge zu schaffen.[3] Indem der letztere auf einem weiten Umweg, um der mutlosen Infanterie diesen nieder= schlagenden[4] Anblick zu entziehen, nach dem rechten Flügel mit dem Könige umwendet, erhält dieser einen zweiten Schuß durch 15 den Rücken, der ihm den letzten Rest seiner Kräfte raubt. „Ich habe genug, Bruder," ruft er mit sterbender Stimme; „suche du nur[5] dein Leben zu retten." Zugleich sank er vom Pferd, und von noch mehrern Schüssen durchbohrt, von allen seinen Begleitern verlassen, verhauchte er unter den räuberischen 20 Händen der Kroaten sein Leben. Bald entdeckte sein ledig[6] fliehendes, in Blute gebadetes Roß der schwedischen Reiterei ihres Königs Fall, und wütend bringt sie[7] herbei, dem[8] gierigen Feind diese heilige Beute zu entreißen. Um seinen Leichnam entbrennt ein mörderisches Gefecht, und der entstellte 25 Körper wird unter einem Hügel von Toten begraben.

Die Schreckenspost[1] durcheilt in kurzer Zeit das ganze
schwedische Heer; aber anstatt den Mut dieser tapfern Scharen
zu ertöten,[2] entzündet sie ihn vielmehr zu einem neuen, wilden,
verzehrenden Feuer. Das Leben fällt[3] in seinem Preise, da
5 das heiligste aller Leben dahin ist, und der Tod hat für den
Niedrigen keine Schrecken mehr, seitdem er das gekrönte Haupt
nicht verschonte. Mit Löwengrimm werfen sich die uplän=
dischen,[4] smaländischen,[5] finnischen,[6] ost= und westgotischen[7]
Regimenter zum zweitenmal auf den linken Flügel des Feindes,
10 der dem General von Horn nur noch schwachen Widerstand
leistet und jetzt völlig aus dem Felde geschlagen wird. Zugleich
giebt Herzog Bernhard[8] von Weimar dem verwaisten Heere der
Schweden in seiner Person ein fähiges Oberhaupt, und der
Geist[9] Gustav Adolfs führt von neuem seine siegreichen Scha=
15 ren. Schnell ist der linke Flügel wieder geordnet, und mit
Macht bringt er[10] auf den rechten der Kaiserlichen ein. Das
Geschütz an den Windmühlen, das ein so mörderisches Feuer
auf die Schweden geschleudert hatte, fällt in seine[11] Hand, und
auf die Feinde selbst werden jetzt diese Donner gerichtet. Auch
20 der Mittelpunkt des schwedischen Fußvolks setzt[12] unter Bern=
hards und Kniphausens Anführung aufs neue gegen die Grä=

Im Centrum
beider Armeen.
ben an, über die er sich glücklich hinwegschwingt
und zum zweitenmal die Batterie der sieben
Kanonen erobert. Auf die schweren Bataillone des feindlichen
25 Mittelpunkts wird jetzt mit gedoppelter Wut der Angriff er=
neuert, immer schwächer und schwächer widerstehen sie, und der

Zufall selbst verschwört sich mit der schwedischen Tapferkeit, ihre[1] Niederlage zu vollenden. Feuer ergreift die kaiserlichen Pulverwagen, und unter schrecklichem Donnerknalle sieht man die aufgehäuften Granaten und Bomben in die Luft fliegen. Der in Bestürzung gesetzte Feind wähnt[2] sich von hinten ange= 5 fallen, indem die schwedischen Brigaden von vorn ihm ent= gegenstürmen. Der Mut entfällt ihm. Er sieht seinen linken Flügel geschlagen, seinen rechten im Begriff zu erliegen, sein Geschütz in des Feindes Hand. Es neigt sich die Schlacht zu ihrer Entscheidung, das Schicksal des Tages hängt nur noch an 10 einem einzigen Augenblick — da erscheint Pappenheim auf dem Schlachtfelde mit Kürassieren und Dragonern; alle er= haltenen Vorteile sind verloren, und eine ganz neue Schlacht fängt an.

Der Befehl, welcher diesen General nach Lützen zurückrief, 15 hatte ihn zu Halle[3] erreicht, eben da seine Völker mit Plünde= rung dieser Stadt noch beschäftigt waren. Unmöglich war's, das zerstreute Fußvolk mit der Schnelligkeit zu sammeln, als die dringende Order und die Ungeduld dieses Kriegers ver= langten. Ohne es zu erwarten, ließ er acht Regimenter 20 Kavallerie aufsitzen[4] und eilte an der Spitze derselben sporn= streichs[5] auf Lützen zu, an dem Feste der Schlacht teilzu= nehmen. Er kam noch eben recht, um die **Pappenheims** Flucht des kaiserlichen linken Flügels, den **Ankunft.** Gustav Horn aus dem Felde schlug, zu bezeugen und sich 25 anfänglich selbst darein verwickelt zu sehen. Aber mit schnel=

ler Gegenwart des Geiſtes ſammelt er dieſe flüchtigen Völker
wieder und führt ſie aufs neue gegen den Feind. Fortgeriſſen
von ſeinem wilden Mut und voll Ungeduld, dem König ſelbſt,
den er an der Spitze dieſes Flügels vermutet, gegenüber zu
5 fechten, bricht er fürchterlich in die ſchwediſchen Scharen, die,
ermattet vom Sieg und an Anzahl zu ſchwach, dieſer Flut von
Feinden nach dem männlichſten Widerſtand unterliegen. Auch
den erlöſchenden Mut des kaiſerlichen Fußvolks ermuntert
Pappenheims nicht mehr gehoffte Erſcheinung, und ſchnell
10 benutzt der Herzog von Friedland¹ den günſtigen Augenblick,
das Treffen aufs neue zu formieren. Die dicht geſchloſſenen²
ſchwediſchen Bataillone werden unter einem mörderiſchen Gefechte über die Gräben zurückgetrieben und die zweimal verlornen Kanonen zum zweitenmal ihren Händen entriſſen. Das
15 ganze gelbe³ Regiment, als das trefflichſte von allen, die an
dieſem blutigen Tage Beweiſe ihres Heldenmuts gaben, lag
tot dahingeſtreckt und bedeckte noch in derſelben ſchönen Ordnung den Wahlplatz,⁴ den es lebend mit ſo ſtandhaftem Mute
behauptet hatte. Ein ähnliches Los traf ein andres blaues⁵
20 Regiment, welches Graf Piccolomini⁶ mit der kaiſerlichen
Reiterei nach dem wütendſten Kampfe zu Boden warf. Zu
ſieben verſchiedenen Malen wiederholte dieſer treffliche Ge-
neral⁷ den Angriff; ſieben Pferde wurden unter ihm erſchoſſen,
und ſechs Musketenkugeln durchbohrten ihn. Dennoch verließ
25 er das Schlachtfeld nicht eher, als bis ihn der Rückzug des
ganzen Heeres mit fortriß. Den Herzog⁸ ſelbſt ſah man

mitten unter dem feindlichen Kugelregen mit kühler Seele
seine Truppen durchreiten, dem Notleidenden nahe mit Hilfe,
dem Tapfern mit Beifall, dem Verzagten mit seinem strafenden
Blick. Um und neben ihm stürzen seine Völker[1] entseelt
dahin, und sein Mantel wird von vielen Kugeln durchlöchert. 5
Aber die Rachegötter[2] beschützen heute seine Brust, für die
schon ein anderes Eisen[3] geschliffen ist; auf dem Bette,[4]
wo Gustav erblaßte,[5] sollte Wallenstein den schuldbefleckten[6]
Geist nicht verhauchen.

Nicht so glücklich war Pappenheim, der Telamonier[7] des 10
Heers, der furchtbarste Soldat des Hauses Österreich und der
Kirche.[8] Glühende Begier, dem König selbst im Kampfe zu
begegnen, riß den Wütenden mitten in das blutigste Schlacht=
getwühl, wo er seinen edeln Feind am wenigsten[9] zu verfehlen
hoffte. Auch Gustav hatte den feurigen Wunsch gehegt, diesen 15
geachteten Gegner von Angesicht zu sehen, aber die feindselige
Sehnsucht blieb ungestillt, und erst der Tod führte die ver=
söhnten Helden zusammen. Zwei Musketenkugeln durchbohrten
Pappenheims narbenvolle Brust, und gewaltsam mußten ihn
die Seinen aus dem Mordgewühl tragen. Indem man 20
beschäftigt war, ihn hinter das Treffen zu   **Pappenheim**
bringen, drang ein Gemurmel zu seinen   **töblich verwundet.**
Ohren, daß der, den er suchte, entseelt auf dem Wahlplatz liege.
Als man ihm die Wahrheit dieses Gerüchtes bekräftigte, er=
heiterte sich sein Gesicht, und das letzte Feuer blitzte in seinen 25
Augen. „So hinterbringe[10] man denn dem Herzog von Fried=

land," rief er aus, „daß ich ohne Hoffnung zum Leben dar=
niederliege, aber fröhlich dahinscheide, da ich weiß, daß dieser
unversöhnliche Feind meines Glaubens an Einem[1] Tage mit
mir gefallen ist."

5   Mit Pappenheim verschwand das Glück der Kaiserlichen
von dem Schlachtfelde.   Nicht[2] sobald vermißte die schon
einmal geschlagene und durch ihn allein wiederhergestellte
Reiterei des linken Flügels ihren sieghaften Führer, als sie
alles verloren gab und mit mutloser Verzweiflung das Weite[3]
10 suchte.   Gleiche Bestürzung ergriff auch den rechten Flügel,
Flucht der   wenige Regimenter ausgenommen, welche die
Kaiserlichen.   Tapferkeit ihrer Obersten, Götz, Terzky, Collo=
redo und Piccolomini, nötigte, standzuhalten.   Die schwedische
Infanterie benutzt mit schneller Entschlossenheit die Bestürzung
15 des Feindes.   Um die Lücken zu ergänzen, welche der Tod
in ihr Vordertreffen[4] gerissen, ziehen sich beide Linien in
eine zusammen, die den letzten entscheidenden Angriff wagt.
Zum drittenmal setzt sie über die Gräben, und zum drittenmal
werden die dahinter gepflanzten Stücke[5] erobert.   Die Sonne
20 neigt sich eben zum Untergang, indem beide Schlachtordnungen
auf einander treffen.   Heftiger erhitzt sich der Streit an seinem
Ende, die letzte Kraft ringt mit der letzten Kraft, Geschicklich=
keit und Wut thun ihr Äußerstes, in den letzten teuren Minuten
den ganzen verlornen Tag nachzuholen.   Umsonst, die Ver=
25 zweiflung erhebt jede[6] über sich selbst, keine versteht zu siegen,
keine zu weichen, und die Taktik erschöpft hier ihre Wunder

nur, um dort neue, nie gelernte, nie in Übung[1] gebrachte
Meisterstücke der Kunst zu entwickeln. Endlich setzen Nebel
und Nacht dem Gefecht eine Grenze, dem die Wut keine setzen
will, und der Angriff hört auf, weil man seinen Feind nicht
mehr findet. Beide Kriegsheere scheiden mit stillschweigender 5
Übereinkunft[2] aus einander, die erfreuenden[3] Trompeten er-
tönen; und jedes, für unbesiegt sich erklärend, verschwindet
aus dem Gefilde.

Die Artillerie beider Teile blieb, weil die Rosse sich ver-
laufen, die Nacht über auf dem Wahlplatze verlassen stehen — 10
zugleich der Preis und die Urkunde[4] des Siegs für den,
der die Wahlstatt eroberte. Aber über der Eilfertigkeit, mit
der er von Leipzig und Sachsen Abschied nahm, vergaß der
Herzog von Friedland, seinen Anteil daran von dem Schlachtfelde abzuholen. Nicht lange nach geendigtem Treffen er- 15
schien das Pappenheimische Fußvolk, das seinem voraus-
eilenden General nicht schnell genug hatte folgen können, sechs
Regimenter stark, auf dem Wahlplatz; aber die Arbeit war
gethan. Wenige Stunden früher würde diese beträchtliche
Verstärkung die Schlacht wahrscheinlich zum Vorteil des Kai- 20
sers entschieden, und selbst noch jetzt durch Eroberung des
Schlachtfeldes die Artillerie des Herzogs gerettet und die
schwedische erbeutet haben. Aber keine Ordre war da, ihr
Verhalten[5] zu bestimmen, und zu ungewiß über den Ausgang
der Schlacht, nahm sie[6] ihren Weg nach Leipzig, wo sie das 25
Hauptheer zu finden hoffte.

Dahin hatte der Herzog von Friedland seinen Rückzug ge=
nommen, und ohne Geschütz, ohne Fahnen und beinahe ohne
alle Waffen, folgte ihm am andern Morgen der zerstreute
Überrest seines Heers. Zwischen Lützen und Weißenfels
5 scheint es, ließ Herzog Bernhard die schwedische Armee von
den Anstrengungen dieses blutigen Tages sich erholen, nahe
genug an dem Schlachtfeld, um jeden Versuch des Feindes
zur Eroberung desselben sogleich vereiteln zu können. Von
beiden Armeen lagen über neuntausend Mann tot auf dem
10 Wahlplatze; noch weit größer war die Zahl der Verwundeten,
und unter den Kaiserlichen besonders fand sich kaum Einer,
der unverletzt aus dem Treffen zurückgekehrt wäre. Die ganze
Ebene von Lützen bis an den Floßgraben war mit Ver=
wundeten, mit Sterbenden, mit Toten bedeckt. Viele von
15 dem vornehmsten Adel waren auf beiden Seiten gefallen;
auch der Abt von Fulda,¹ der sich als Zuschauer in die
Schlacht gemischt hatte, büßte seine Neugier und seinen un=
zeitigen Glaubenseifer mit dem Tode. Von Gefangenen
schweigt die Geschichte; ein Beweis mehr für die Wut der
20 Armeen, die keinen Pardon² gab, oder keinen verlangte.

Pappenheim starb gleich am folgenden Tage zu Leipzig
an seinen Wunden; ein unersetzlicher Verlust für das kaiser=
liche Heer, das dieser treffliche Krieger so oft zum Sieg ge=
führt hatte. —

25 Ob man gleich³ in allen österreichischen und spanischen
Landen⁴ über den erfochtenen Sieg das Te Deum⁵ anstimmte,

so gestand doch Wallenstein selbst durch die Eilfertigkeit, mit
der er Leipzig und bald darauf ganz Sachsen verließ und
auf die Winterquartiere in diesem Lande Verzicht[1] that, öffentlich und laut seine Niederlage. Zwar that er noch einen
schwachen Versuch, die Ehre des Siegs gleichsam im Flug[2] 5
wegzuhaschen, und schickte am andern Morgen seine Kroaten[3]
aus, das Schlachtgefild zu umschwärmen; aber der Anblick
des schwedischen Heers, das in Schlachtordnung bastand, verscheuchte im Augenblick diese flüchtigen Scharen, und Herzog
Bernhard nahm durch Eroberung der Wahlstatt, auf welche 10
bald nachher die Einnahme Leipzigs folgte, unbestrittenen
Besitz von allen Rechten des Siegers.

Aber ein teurer Sieg, ein trauriger Triumph! Jetzt erst,
nachdem die Wut des Kampfes erkaltet ist, empfindet man die
ganze Größe des erlittenen Verlustes, und das Jubelgeschrei 15
der Überwinder erstirbt in einer stummen, finstern Verzweiflung. Er, der sie in den Streit herausgeführt hatte,
ist nicht mit zurückgekehrt. Draußen liegt er in seiner ge-
wonnenen Schlacht, mit dem gemeinen Haufen niedriger
Toten verwechselt. Nach langem vergeblichen Suchen ent- 20
deckt man endlich den königlichen Leichnam, unfern dem[4]
großen Steine, der schon hundert Jahre vorher[5] zwischen dem
Floßgraben und Lützen gesehen worden, aber von dem merk-
würdigen Unglücksfalle dieses Tages den Namen des Schwe-
densteines führt. Von Blut und Wunden bis zum Unkennt- 25
lichen entstellt, von den Hufen der Pferde zertreten und durch

räuberische Hände seines Schmucks, seiner Kleider beraubt, wird er unter einem Hügel von Toten hervorgezogen, nach Weißenfels gebracht, und dort dem Wehklagen seiner Trup= pen, den letzten Umarmungen seiner Gemahlin[1] überliefert. Den ersten Tribut hatte die Rache geheischt,[2] und Blut mußte dem Monarchen zum Sühnopfer[3] strömen; jetzt tritt die Liebe in ihre Rechte ein, und milde Thränen fließen — um[4] den Menschen. Der allgemeine Schmerz verschlingt[5] jedes einzelne Leiden. Von dem betäubenden Schlag noch besinnungslos, stehen die Anführer in dumpfer Erstarrung um seine Bahre, und keiner getraut sich noch den ganzen Umfang[6] dieses Verlustes zu denken.

NOTES.

NOTES.

Introduction. — *The first twelve years of the Thirty Years' War:* The
Bohemians, a large majority of whom were Protestants, exasperated by the
intolerance of their king Ferdinand II., who had ordered the closing of two
Protestant churches in his territory, revolted, threw two of the imperial councillors out of a window of the palace at Prague (*May*, 1618), and chose as
their king, the Elector-Palatine Friedrich V., son-in-law of James I. of
England. War immediately ensued. Friedrich's army was defeated in the
battle of the " White Hill " (*Nov.*, 1620), and the " Winter-King," as he was
called, for he reigned only one winter, instead of gaining a kingdom, lost his
Palatinate, which was taken by the Catholic duke Maximilian of Bavaria.
As the seat of the war passed from Bohemia into the Palatinate, the other
German states became involved in the struggle. Finally, King Christian IV.
of Denmark, who as Duke of Holstein, was a prince of the empire, espoused
Friedrich's cause (*Jan.*, 1625). In this crisis, Count (Waldstein or) Wallenstein volunteered to raise an army for the Emperor (*July*, 1625), and to support it from the hostile territory. The magic of his name and the hope of
plunder drew adventurers from all sides. He defeated Count Ernest of Mansfeld, an ally of the unfortunate Friedrich V., at the Bridge of Dessau (*Apr.*,
1626), and soon afterwards, Count Tilly, at the head of a Bavarian army, met
Christian of Denmark near Lutter, a little town on the northern edge of the
Hartz Mountains (*Aug.*, 1626), where the army of the latter was cut to
pieces, the king himself barely escaping with his life. Wallenstein then, with
100,000 men, invaded Denmark, forcing Christian to flee to his islands, and
finally to sue for peace, which was concluded at Lübeck (*May*, 1629).

Emperor Ferdinand's triumph now appeared complete — Germany lay
helpless at his feet. So he ventured to issue the " Edict of Restitution "

(*March*, 1629), in order to force the Protestants to restore the church-lands (comp. Note 13, page 15). But in the meantime, Wallenstein's mercenaries had become as obnoxious to the Catholics as to the Protestants, and Ferdinand was induced by the German princes assembled at Ratisbon (*June*, 1630), to dismiss his generallissimo just at the moment when Gustavus II. Adolphus, king of Sweden, landed with an army on the Baltic coast (*June* 24, 1630).

Page 3. — 1. bie Neid)3verfammlung, *General Diet.* **2.** ge= fd)affen (etym., shaped), *created;* here = *thoroughly disciplined,* by many a hard-won fight in his previous wars against Russia, Denmark and Poland. **3. ciue beffere Kriegstunft,** *improved system of war-fare.* — "Gustavus Adolphus, like all great commanders, was an innova-tor in the art of war. To the heavy masses of the enemy he opposed lightness and flexibility. His cannon were more easily moved, his mus-kets more easily handled. In rapidity of fire he was as superior to the enemy as Frederick the Great with his iron ramrods at Mollwitz (1741), or Moltke with his needle-guns at Sadowa (1866). He had, too, a new method of drill. His troops were drawn up three deep, and were capable of manœuvering with a precision which might be looked for in vain from the solid columns of the Imperialists." (from *S. R. Gar-diner's* "The Thirty Years' War") **4. bie Estadron'** (pronounce as in French!), from Ital. "squadrone" = a body drawn up in a square; *the squadron* or *company of horse,* the total strength of which in the European armies ranges from 120 to 200 sabres. **5.** ju eben bem 3wed = ju bemfelben 3wed. **6.** bie Fußgänger (= ba8 Fuß= volf) = bie Infanterie. **7.** weld)e8 (an arrangement — a prac-tice), *which.* **8.** bie Ausfd)weifung (EX+CESS).

Page 4. — 1. aljuben, rather obsolete for the more modern be = ftrafen. **2.** ba8 Gezelt' = ba8 3elt. — The prefix Ge- is found in many nouns with a force of collectiveness or assemblage, e. g. ba8 Ge= birge = bie Berge, viele Berge; ba8 Gefild = viele Felber ; ba8 Ge= wölf =? ba8 Geftein =? ba8 Gefieber =? **3.** mit eben ber Sorgfalt — compare Note 5, page 3. **4.** ber Pre'biger (from Lat., prædicator; etym., preacher) syn. ber Kaplan'. **5.** ungefünftelt (= oljne Kunft), wa8 nid)t gelernt, fonbern natürlid) ober angeboren ift. **6.** bie Seele (etym., soul), spirit; befeelen, to inspire. **7.** herzhaft (etym., heart+having), *courage*ous; bie Herzhaftigkeit =? **8.** wa8 er dem Feldherrn schuldig war, *what he owed to himself as general,* viz., not to expose his life to peril. **9.** gemein (etym., **common**); der Gemeine = der gemeine Soldat. **10.** der Geist, spirit; begeistern, to inspire; comp. beseelen, Note 6. **11.** Finnland, *Finland,* now a Russian province, but formerly belonging to Sweden. — Gotland, *Gothland,* the most southern part of Sweden. **12.** die Armut,

OXENSTIERNA.

poverty; here = *his little all; his pittance.* **13.** verspritzen, syn. vergießen, *to shed.*

Page 5. — **1.** der Schwung (etym., swing), here fig. = die Begeisterung (inspiration). **2.** gegeben, supply „hat" — the auxiliaries haben and sein are often omitted in dependent clauses. **3.** zwei (Lat., duo); zweifeln (Lat., duo+bito = dubito; French, douter; Eng., to doubt); der Zweifel =? **4.** er, *it;* referring to „der"

Krieg. 5. an*greifen = attackieren, oppos. sich verteidigen; ein an=
greifender Krieg = Offensivkrieg, oppos. ein Verteidigungskrieg
= Defensivkrieg. 6. selbst (etym., self), here = sogar', *even.*
7. Kanzler Oxenstier'na, the Swedish *Chancellor,* Count Axel *Oxenstierna* (1583–1654), one of the greatest statesmen of his time, was
the adviser of Gustavus Adolphus. 8. eines Despo'ten, referring to
Emperor Ferdinand II. 9. erwarten wir . . . inverted condit. construct. for wenn wir . . . erwarten. 10. das Meer, here = die Ost=
see, *the Baltic.* 11. entwischte uns . . . , comp. Note 9. 12. würde
die unsrige geschlagen . . . , comp. Note 9. 13. Stralsund', *Stralsund,*
a fortified commercial (or Hanseatic) town of Pomerania, on the coast
of the Baltic, opposite the island of Rügen. 14. es liegt mir alles
an . . . , *everything depends on . . .* 15. die Ostsee, comp. Note 10.
16. Pommern, *Pomerania,* now a province of the kingdom of Prussia.

Page 6. — 1. werden wir besiegt, comp. Note 9, page 5. 2. also
(is never = Eng., " also "), *thus; therefore.* 3. der Angriff des Kaisers
(object. genit.) = *to attack the Emperor.* 4. der König von Däne=
mark, *Christian* IV., King of Denmark, 1588–1648. 5. Mos'kau =
Rußland (by " SYNECDOCHE " the capital city is put for the whole land;
comp. a fleet of ten *sail* (= ships); a master employing new *hands*
(= workmen). 6. Polen, *Poland,* where then King Sigismund III.
was reigning. 7. der Waffenstillstand, *the truce* of the year 1629.
8. Lübeck und Hamburg, two large commercial (or Hanseatic) towns
of North Germany. 9. schwedisches Kupfer. — Sweden is famous for
her copper-mines near Falun. 10. der Fürst von Siebenbürgen,
Prince Bethlen Gabor *of Transylvania,* a brother-in-law of Gustavus
Adolphus, was a lifelong enemy of the house of Austria.

Page 7. — 1. hätte überstiegen, *would have exceeded.* 2. einen
festen Kern abgeben zu . . . , *to serve as nucleus of . . .* 3. Preu=
ßen, here = the province of *Prussia,* in the N.E. extremity of Germany, formerly belonging to Poland. 4. das Korps (pronounce =
Kor), *a body* (of troops). 5. die Land'miliz' (etym., land-militia),
militia. 6. bundbrüchig (etym., bond+breaking), *faithless.*

Page 8. — 1. der Reichsrat, the *State-Council,* by which the
government of Sweden was conducted, composed of the Ministers of
Justice and Foreign Affairs and eight councillors, of whom five were

the heads of different departments. 2. **der Pfalzgraf,** Johann Casimir, *the Count-Palatine of Pfalz-Zweibrücken,* was married to Catherine, a sister of Gustavus Adolphus. 3. **seine Gemahlin,** *his wife,* *Marie Eleonore,* a princess of Brandenburg and sister of Georg Wilhelm, the reigning Elector of Brandenburg. 4. **eingeschränkt =** beschränkt, *limited.* 5. **sein Haus bestellen,** idiom., *to set one's house* (= earthly affairs) *in order.* 6. **die Reichsversammlung,** comp. Note 1, page 3. 7. **die Stände,** *Estates of the Realm.* — The Swedish Constitution of those days acknowledged *four* distinct Estates, viz., the hereditary *Nobility* — the *Clergy* — the *Burghers* — the *Peasants* or landholders not noble. — These four orders formed four chambers, which met and voted separately. 8. **Christi'na,** *Christina,* born 1626, Queen of Sweden, 1644–1654. 9. **leichtsinnigerweise =** auf leichtsinnige Weise; leichtsinnig. 10. On the 12th of May, 1629, a separate peace was concluded at Lübeck, between the Emperor and King Christian IV. of Denmark without the consent of Sweden. With studied contempt, the Swedish ambassadors who came to intercede for Mecklenburg, were excluded from the conference. 11. In 1629, Emperor Ferdinand had sent a corps of 10,000 men against Gustavus Adolphus, who was then at war with Sigismund of Poland.

Page 9. — 1. **Freunde und Brüder,** *friends and brethren =* the Protestants in Germany. 2. In 1628, Ferdinand had drawn up a plan for creating a navy out of the vessels of the Hanseatic League (a union of the commercial towns of North Germany), and conquering Holland for the house of Habsburg. After this should have been accomplished, his next project was to form an alliance with Poland against Sweden, then the only remaining Protestant power in the North. 3. **die Reichsräte,** *State-Councillors;* comp. Note 1, page 8. 4. **Gott erleuchte** (subj. pres.), *may God enlighten.* 5. **der Adel,** *Nobility;* *Aristocracy;* comp. Note 7, page 8. 6. The ancient *Goths* were the ancestors of the modern Swedes; their king Alaric captured Rome in the year 410 A.D. 7. **Diener der Kirche,** *Ministers of the Gospel;* comp. Note 7, page 8. 8. **der Bürgerstand,** *Deputies of the Burgesses;* comp. Note 7, page 8. 9. **der Bauernstand,** *Peasantry;* comp. Note 7, page 8.

Page 10. — 1. **Elfsna'ben,** a sea-port in Sundermanland. 2. **Gustav Horn,** *Count Gustavus of Horn,* an able Swedish general.

3. **der Rheingraf** (or **Wildgraf**), *the Rhenish Count*, was the title of a count whose estates were on the Rhine; comp. Bürger's ballad, **Der wilde Jäger: „Der Wild= und Rheingraf stieß ins Horn ...“**
4. **Graf von Thurn,** *Count Matthias of Thurn,* who at the beginning of the Thirty Years' War was the leader of the Bohemian Protestants.
5. **Bau'dissen,** *Count* Wolf Heinrich *Baudissen*, of Danish extract, served with distinction under Gustavus Adolphus. 6. **Banner,** *Johann Bannér* (or Banér), a celebrated Swedish general. Of him Schiller says: *"He was calm in danger, greater in adversity than in prosperity, and never more formidable than when he was supposed to be on the verge of ruin."* 7. **Junius,** older form for **Juni.** 8. **Ruden,** a small island of the Baltic, 36 miles East of Stralsund. It was at one time separated from the larger island of Rügen by a small stream, but in 1309 a violent storm broke through and formed a channel of considerable width between them. 9. **Wollin' und U'sedom,** two islands in Pomerania, between the outlets of the Haff (or Bay) of Stettin, at the mouth of the Oder. 10. **Stettin',** capital city of (the former duchy of) Pomerania, on the West or left bank of the Oder, at its mouth in the Haff of Stettin. 11. **die Kaiserlichen = die Armee des Kaisers.**

Page 11. — 1. **war,** *had been.* 2. **geschlagen,** supply „**hatten**“; comp. Note 2, page 5. — "The commissioner of the duke of Pomerania had a tale of distress to pour out before the princes assembled at Ratisbon, in 1630. His master's subjects, he said, had been driven to feed upon grass and the leaves of trees. Cases had occurred, in which starving wretches had maintained life by devouring human flesh. Other tales were told, bad enough, if not quite so bad as this, to show the misery of the population of Pomerania." 3. **dieses Herzogtum,** viz., Pomerania.

Page 12. — 1. **in starken Märschen = in Eilmärschen.** 2. **jemandem den Vorsprung abgewinnen** (to have the advantage over one), *to anticipate one.* 3. **Ferdinand** — comp. Note 3, page 6. 4. Comp. Note 11, page 8.

Page 13. — 1. **überhoben sein** with genit., *to be spared the necessity of.* 2. **her*erzählen,** *to relate in detail.* 3. **Mansfeld** — Count *Ernest of Mansfield* (1585–1626), one of the greatest generals of his time, a lifelong enemy of the house of Austria. In 1618, he was chosen general-in-chief of the Bohemian Protestants. In the service of Friedrich V., whom these insurgents had elected king of Bohemia, he fought many battles and defeated the Bavarians in 1622. Having raised another army to attack Austria, he was defeated by Wallenstein, in 1626, and died in the same year, whereupon his troops disbanded.

4. Chriſtian von Braunſchweig, duke *Christian of Brunswick* (1599–1626), the Protestant Administrator of the bishopric of Halberstadt, was a dashing and eccentric young general. As an ally of Friedrich V. of Bohemia, he invaded and devastated Westphalia. When he entered the cathedral of Paderborn and saw the silver statues of the twelve apostles around the altar, he cried out: "Why! What are you doing here? You were ordered to go forth into the world, but wait a bit — I'll send you!" So he had them melted and coined into dollars, upon which the words were stamped „**Gottesfreund — Pfaffen= feind.**" He afterwards gave himself that name, but the soldiers generally called him "Mad Christian." His personal reputation attracted all sorts of wild and lawless characters to take service under him, many of whom offered themselves to Gustavus Adolphus after their leader's death. **5. der König von Dänemark,** *Christian IV. King of Denmark,* 1588–1648, was chosen in 1625 commander of the army of the Protestants in their war against the allied Austrians and Bavarians. In 1626 he was defeated by Tilly at Lutter, and peace was restored in 1629, whereupon his army broke up. **6. Wallenſtein,** *Albrecht Count of* (Waldstein or) *Wallenstein* (1583–1634), was the son of a poor Bohemian nobleman, and violent and unruly as a youth, until a fall from the third story of a house effected a sudden change in his nature. He became brooding and taciturn, gave up his Protestant faith, and was educated by the Jesuits. He traveled in Spain, France and the Netherlands, fought in Italy against Venice, and in Hungary against Bethlen Gabor (comp. Note 10, p. 6) and the Turks, and rose to the rank of Colonel. He married an old and rich widow, and after her death increased his wealth by a second marriage, so that he was able to purchase sixty confiscated estates of Protestants expelled from Bohemia. Adding these to that of Friedland, which he had received from the Emperor in return for military services, he possessed a small principality, lived in great splendor, and paid and equipped his own troops. He was first made Count and then Duke of Friedland with the authority of an independent prince of the empire. Wallenstein was superstitious, and his studies in astrology gave him the belief that a much higher destiny awaited him. Soon came the opportunity: in July 1625 he offered to raise and command a second army in the Emperor's service. Ferdinand accepted the offer with joy, and sent word to Wallen-

WALLENSTEIN.

stein, that he should immediately proceed to enlist 20,000 men. "My army," the latter replied, "must live by what it can take: 20,000 men are not enough. I must have 50,000 men, and then I can demand what I want." The threat of terrible ravage contained in these words was soon carried out. He defeated Ernest of Mansfeld in 1626 and invaded Denmark. To reward him for his services, the Emperor gave him the two duchies of Mecklenburg, in 1628. His pride, rapacity and cruelty rendered him so odious that in 1630 Ferdinand was compelled to dismiss him from command at the same time that Gustavus Adolphus entered Germany to fight for the Protestant cause. — Wallenstein was tall and meagre in person. His forehead was high but narrow, his hair black and cut very short, his eyes small, dark and fiery, and his complexion yellow. His voice was harsh and disagreeable: he never smiled, and spoke only when it was necessary. He usually dressed in scarlet, with a leather jerkin, and wore a long red feather on his hat. There was something cold, mistrustful and mysterious in his appearance, yet he possessed unbounded power over his soldiers, whom he governed with severity and rewarded splendidly. There are few more interesting personages in German history than Wallenstein. **7. fid) bar*ftellen,** syn. fid) an*bieten. **8. am faiferlidjen Hofe** = in Wien. **9. bas bisherige unerhörte Glück Österreichs,** *the pride of Austria, extravagantly elated by its unheard-of success.* — After the peace of Lübeck, May 12, 1629, in which King Christian of Denmark engaged to meddle no further with the continental affairs, Germany lay powerless at the feet of the Emperor, all the great Protestant leaders having died within a few years. **10. Europens,** old genit. form for „Europas." **11. bie Ungefdjidlidjfeit . . . Feindes,** *the incapacity of a still weaker enemy,* with reference to Gustavus Adolphus' victories over Russia, Poland and Denmark. **12. entworfen,** supply „hatte"; comp. Note 2, page 5. **13. Ruten** (etym.: *rods*), *strokes with the rod.*

Page 14. — 1. bes Norbs, old genit. form for „bes Nordens." **2. Regensburg,** *Ratisbon.* — On July 3, 1630, Ferdinand assembled round him the princes and electors at Ratisbon in Bavaria, in the hope of inducing them to elect his son Ferdinand, the King of Hungary, as the "King of the Romans," which was the title of the elected successor in the empire. **3. würdigten . . . Aufmerkfamkeit,** *disregarded his* (= Gustavus Adolphus') *representations.*

THE DESTRUCTION OF MAGDEBURG.

Moving slowly, and with as much wisdom as caution, Gustavus Adolphus relieved Pomerania from the imperial forces by the end of the year 1630. He then took Frankfort-on-the-Oder by storm (*April*, 1631), and forced the Elector of Brandenburg to give him the use of Spandau as a fortress, until he should have relieved Magdeburg, the only German city which had forcibly resisted the Emperor's " Edict of Restitution," and was now being besieged by Tilly and Pappenheim. As the city was hard pressed, Gustavus Adolphus demanded of Johann Georg, Elector of Saxony, permission to march through his territory. It was refused.

Page 15. — **1. das Erzbistum** (is object, not subject), *archbishopric.* **2. Magdeburg,** a large and strongly fortified city in the Prussian province of Saxony, on the Elbe, was an ecclesiastical territory previous to 1648. **3. das brandenburgische Haus,** *the house of Brandenburg.* — The mark of Brandenburg was an old state of Germany, ruled by the margraves of Brandenburg. These having joined to the electorate the duchy of Prussia, which forms the north-eastern extremity of Germany, the Elector Friedrich III. declared himself King of Prussia in 1701. **4. durch seine Verbindung mit Dänemark,** *on account of his alliance with Christian IV. of Denmark ;* comp. Note 5, page 13. **5. die Reichsacht,** *ban of the empire.* **6. das Domkapitel,** *the Chapter,* consisting of the canons or prebends, and other clergymen attached to the cathedral church. **7. das Erzstift = das Erzbistum;** comp. Note 1. **8. postulieren** (to postulate). **9. der Kurfürst von Sachsen,** Johann Georg, *Elector of Saxony.* **10. schimärische Hoffnungen** (chimerical hopes). **11. der Ausspruch des Kapitels,** *the vote of the Chapter.* **12. die Konkurrenz'... Mitbewerbern,** *the competition of two powerful rivals,* referring to the son of the Emperor and the son of the Elector of Saxony. **13. das Restitutionsedikt.** — " On

March 29, 1629, Emperor Ferdinand II. issued the so-called *Edict of Restitution*, according to which all church-property that had come into Protestant possession since the Convention of Passau in 1552, was to be returned to the Catholic Church. With a stroke of his pen, the two archbishoprics of Magdeburg and Bremen, the twelve bishoprics of Minden, Verden, Halberstadt, Lübeck, Ratzeburg, Misnia, Merseburg, Naumburg, Brandenburg, Havelberg, Lebus and Camin, with about 120 smaller ecclesiastical foundations, were restored to the Catholic clergy.''

FERDINAND II. SIGNS THE EDICT OF RESTITUTION.

Page 16. — 1. bie Ratsverſammlung, *town-council.* 2. Stadt und Land (city and county), *Magdeburg and its territory.* 3. ſei — anbiete, are both subjunct. of indirect statement. 4. von — in a passive construction — *by.* 5. In the year 1629, Wallenstein's army had besieged Magdeburg without success for 28 weeks.

Page 17. — 1. bie Werbefreiheit, *liberty of enlisting.* 2. bie Gegenverſicherung, *promise in return.* 3. bas Privile'gium, *political privilege,* pl., Privilegien; comp. bas Gymnaſium, pl., Gymnaſien; bas Exercitium, pl., Exercitien. — Rule? 4. auf*heben, *to seize; to* *capture.* **5. Halle,** *Halle-on-the-Saale,* a town in Prussian Saxony, with a famous university. **6. faf fidf vergrößert** (reflexive construct. for passive, as often in German) = **man faf es größer werden. 7. dage'gen,** for the more modern „**gegen daffelbe.**" **8. ein kleiner Krieg,** *a petty warfare; a guerrilla war.* **9. Graf von Pappenheim,** *Count Gottfried Heinrich of Pappenheim* (1594–1632),

PAPPENHEIM.

a famous general of the Thirty Years' War. He was a zealous Roman Catholic. After he had served with distinction in the army of Duke Maximilian of Bavaria, he entered the service of Emperor Ferdinand II., in 1630, as field-marshal. The victory of the Imperialists at Magdeburg, in 1631, was ascribed to him. In 1632, he commanded a corps under Wallenstein, and was killed at the battle of Lützen, in November of that year. "The wild, impetuous fire of Pappenheim's temperament, which no danger, however apparent, could cool, or impossibilities check, made him the most powerful arm of the imperial force, but unfitted him for acting at its head. — On his forehead, two red streaks, like swords, were perceptible, with which nature had marked him at his very birth; and superstition easily persuaded itself that the future destiny of the man was thus impressed upon the forehead of the child." (*Schiller*). **10. Sachsen=Lauenburg,** the former duchy of *Saxe-Lauenburg*, now a part of the Prussian province of Holstein.

TILLY.

Page 18. — 1. Tilly, *Count Johann of Tilly* (1559–1632), a celebrated commander, born in Belgium. Having served with distinction first in the Spanish and then in the Imperial armies, in 1609 he entered the army of Maximilian, duke of Bavaria. Soon after the breaking out of the Thirty Years' War he was appointed to the chief command of the army of the Catholic League, and in 1620 gained a signal victory over the Protestants. Having been made field-marshal, he succeeded Wallenstein as commander-in-chief of the Imperial troops in 1630, and in May 1631 took Magdeburg by storm. In September of the same year he was defeated by Gustavus Adolphus in the battle of Breitenfeld, and a second time at the Lech, in 1632, where he was mortally wounded. — Tilly was a small, lean man, with a face almost comical in its ugliness. His nose was like a parrot's beak, his forehead seamed with deep wrinkles, his eyes sunk in their sockets and his cheek-bones projecting. He usually wore a dress of green satin, with a cocked hat and long, red feather, and rode a small, mean-looking gray horse. **2. das Restitutionsedikt,** comp. Note 13, page 15. **3. die Elbbrücke,** *bridge across the Elbe* on which Magdeburg is situated. **4. die weitläufigte** (= weitläufige) **Festung,** *extensive fortifications.* **5. Sudenburg,** southwestern suburb of Magdeburg. **6. Neustadt,** northeastern suburb of Magdeburg. **7. Schönebeck,** town in Prussian Saxony, on the Elbe, 10 miles S.E. of Magdeburg.

Page 19. — **1. der Ärmere** = der Arme, *poor man.* **2. auf· wälzen** syn. auf*b ü r d e n. **3. seine Dienerschaft schickte,** *sent* (hired) *substitutes.* **4. sich gütlich thuen,** *to enjoy one's life.* **5. der Entsatz'** = die Befreiung von der Belagerung. **6. so sehr man,** *no matter how much.*

Page 20. — **1. der Leipziger Bund,** the great *Protestant assembly* held at Leipsic, in March, 1631. The Protestant Estates represented there agreed to levy soldiers in order to be prepared for whatever might happen. **2. der Übergabe wegen** — the preposition wegen may either precede or follow its case. **3. der Administra'tor** = Christian Wilhelm of Brandenburg — **der Kommandant'** = Dietrich von Falkenberg. **4. des Königs,** viz., Gustavus Adolphus'. **5. Potsdam,** a Prussian town, 17 miles S. W. of Berlin. **6. Zerbst,** a town in the principality of Anhalt-Dessau, 22 miles S. E. of Magdeburg. **7. die Belagerer** (act) = ? **die Belagerten** (pass.) = ? **8. die Appro'chen** (franzöf.), *approaches,* works thrown up by the besiegers to protect them in their advances towards a fortress.

Page 21. — **1.** = ungeachtet des Bombardierens — comp. Note 2, page 20. **2. treffliche Gegenanstalten,** *effective (means of) precaution.* **3. steigt** (present tense) — Notice the change of tenses from the past into the present tense, the latter rendering the narrative more vivid. **4. die Stücke** (lit., pieces) syn. die Kanonen. **5. also** — comp.

Note 2, page 6. **6.** ein Lager **auf*heben** = ab*brechen. **7.** der General'sturm, *general assault.*

Page 22. — 1. die Bresche (etym., **breach**). **2.** Maastricht, a fortified town of Holland, one of the strongest fortresses in Europe. In 1579, it had been for some time besieged by the Spaniards, when a soldier accidentally discovered one night, that all the sentinels within the town were fast asleep. Hereupon a general assault was ordered, and before daybreak the town was in the hands of the Spaniards. **3.** die Neustädtischen Werke = Befestigungen, comp. Note 6, page 18. **4.** ein abhängiger Wall, *sloping rampart.* **5.** zu statten kommen, *to favor an attempt.* **6.** der erste = als der erste. **7.** Falkenberg, — comp. Note 3, page 20.

Page 23. — 1. ist (pres. tense) — comp. Note 3, page 21. **2.** seine = des Feindes. **3.** unangegriffen (un+attacked), supply „sind." **4.** in der Stadt = im Centrum der Stadt. **5.** der Haupt=armee (dative) = für die Hauptarmee.

Page 24. — 1. es = „das" Fußvolk. **2.** aufgepflanztes Ge=schütz, planted cannons. **3.** an*befehlen = befehlen. **4.** Tilly gab sich nicht die Mühe, *Tilly did not even make the attempt to recommend mercy to his soldiers.* — Recent historians, and foremost of all Leopold von Ranke in his " *History of Wallenstein,*" page 149, have been anxious to prove that Tilly was not personally responsible for the horrors of that day; he had nothing to gain by the destruction of Magdeburg, and he had everything to gain by saving it as a basis of operations for his army. **5.** keines = kein Erbarmen, *no mercy.* **6.** die Wallo'nen, *Walloons,* the descendants of the old Gallic Belgæ of Cæsar's time, who occupy now the greater part of Belgium, Western Luxembourg and a few villages in Rhenish Prussia. — As to the etymological relation between Wallonen = Galls (w = g[u]) compare: Wilhelm = Lat., Guilelmus, Fr., Guillaume; Wirren (Eng., war) = Fr., guerre; Wälschland = Gallic land; Eng., ward = Fr., guard; Eng., warrantee = Fr., guarantie, etc. **7.** auf*gehen = sich öffnen. **8.** die Kroa'ten, *Croats,* soldiers of Croatia, the most rapacious and cruel soldiers of the Austrian army. **9.** eine Würgeszene, *scene* of carnage. **10.** der Pinsel (etym., **pencil**)=? **11.** das wehrlose Geschlecht, *the defence-less sex.* **12.** bloß = nur; allein. **13.** einer doppelten . . . dienen, *to fall victim to the double sacrifice of virtue and life.*

Page 25. — 1. noch so verborgen, *no matter how obscure.*
2. Frauensperfonen or Frauenzimmer, *women.* 3. liguistifche Offi=
ziere, *officers of the (Catholic) League.* — When in May 1608 the
Protestant princes of Germany formed the (Protestant) *Union*, the
Catholics soon after established the *League*, with Duke Maximilian of
Bavaria as their leader. 4. fich unterstehen, *to venture.* 5. das Ge=
dränge (etym., **throng**)=? 6. gezuckte (or gezückte) Schwerter,
flashing swords.

Page 26. — 1. die Ligue (or Liga) — comp. Note 3, page 25.
2. und die blinde . . . betrachten, *and compared with the pitiless bar-*
barity of the Imperialists, they were regarded as guardian angels.
3. fliehen (verb intrans.) — flüchten (transitive)=? 4. herum=
irrend (erring+around), *wandering about.* 5. räumen (to make
room), *to clear.* 6. was (**what**) for „alle, die,“ *all those who —*
neuter sing. for masc. and fem. plu., as often in German.

Page 27. — 1. die Domfirche, *the cathedral-church* of Sts. Maurice
and Catharine, built 1208–1363, a splendid edifice, with the tombs of
Emperor Otto the Great and his wife Editha. 2. Pardon' (franzöf.),
pardon; quarter. 3. das Te Deum — (from the first words " TE
DEUM LAUDAMUS " = " We praise thee, O Lord "), is the title of a
celebrated Latin hymn of praise, usually ascribed to St. Ambrose
(340–397 A. D.). It is sung on particular occasions, as on the
news of victories and on high festival days in Roman Catholic
churches. 4. Troja, *Troy*, is supposed to have been destroyed by
the Greeks about the year 1184 B. C. 5. Jerufalem was taken and
destroyed by Titus in the year 70 A. D. 6. bundesverwandt = ver=
bündet, *allied.* 7. billig, **impartial;** der Billigste = der billigst
Denfende. 8. des Volfes = des deutfchen Volfes. 9. die Schutz=
fchrift = Verteidigungsfchrift (written apology), *printed justifi-*
cation.

THE BATTLE OF BREITENFELD.

Gustavus Adolphus had been blamed, especially by the admirers and defenders of the Electors of Brandenburg and Saxony, for not having saved Magdeburg. This he might have done, had he disregarded the neutrality asserted by both of them; but as he had been bitterly disappointed at his reception by the Protestant princes, he could not trust them, and was not strong enough to fight Tilly with possible enemies in his rear. In fact, Georg Wilhelm of Brandenburg immediately ordered him to give up the fortress of Spandau and leave his territory. Then Gustavus Adolphus did what he should have done at first: he planted his cannon before Berlin, and threatened to lay the city in ashes. This brought the Elector to his senses; he agreed that his fortresses should be used by the Swedes, and contributed 30,000 dollars a month towards the expenses of the war. So many recruits flocked to the Swedish standard that both Mecklenburgs were soon cleared of the imperial troops, the banished dukes restored, and an attack by Tilly upon the fortified camp of the Swedes near Werben-on-the-Havel (*July*, 1631) was repulsed with heavy losses.

Page 28. — 1. **ba$ Sager ju Werben,** *entrenched camp at Werben,* where the Havel joins the Elbe. 2. **Mecflenburg.** — In May 1629, *Mecklenburg* had been given to Wallenstein by the Emperor. " Offence was thus given to those who believed that the rights of territorial sovereignty had been unduly invaded, and who were jealous of the right claimed by the Emperor to supersede by his own authority a prince of the empire in favor of a successful soldier." 3. **Herjog Abolf Friebrich,** of Mecklenburg-Schwerin. 4. **beibe Herjöge,** *both dukes,* viz., *Adolf Friedrich* of M.-Schwerin and *Johann Albrecht* of M.-Güstrow. 5. **Güftrow** (pronounce = **Güftrō**), the capital city of the duchy of Mecklenburg-Güstrow, where Wallenstein resided in 1629-1630. 6. **ber Sanbgraf bou Heffen=Saffel,** Wilhelm, the *landgrave of Hesse-Cassel,* was the first of the German princes to come *voluntarily* into the camp of Gustavus Adolphus. 7. **von freien Stücken** = freiwillig.

Page 29. — 1. **seinen eigenen,** supply „Feinden." 2. **der Westfälische Frieden,** *Peace of Westphalia* in 1648, which ended the Thirty Years' War. 3. **fruchten** (= Frucht tragen), syn. Eindruck machen. 4. **die Breitenfelder Schlacht,** *battle of Breitenfeld,* Sept. 7, 1631. 5. **zur Unzeit,** *inopportunely.* 6. **die hessischen Landstände,** *Estates of Hesse-Cassel.* 7. **der Kurfürst von Sachsen,** comp. Note 9, page 15. 8. **der Leipziger Bund,** comp. Note 1, page 20. 9. **Kur'sachsen,** *Electoral Saxony* — not "Ducal Saxony," a territory embraced in the present duchies of Saxe-Meiningen, S.-Gotha, S.-Weimar and S.-Altenburg.

Page 30. — 1. **Fürstenberg,** Egon *Count of Fürstenberg,* a Bavarian general. 2. **das bloße Schrecken** — the modern usage requires the article „der" — *by the mere terror.* 3. **Wol'mirstedt,** a town of Prussian Saxony, 8 miles N. of Magdeburg. 4. **Religions-und Bundesverwandte,** *religious and political allies.* 5. **die Lau'sitz,** *Lusatia,* a territory divided into the margravates of Upper L. and Lower L., and bounded on the S. by Bohemia, to which the whole of it originally belonged. It afterwards fell to Saxony. 6. **müsse** (subj. pres., of indirect statement), *however surprised he must be, he added.*

Page 31. — 1. **das sächsische Konfekt',** *Saxon confectionery.* — The meaning is, that, as "confections" (sweetmeats) form the last dish, so "Saxony" hitherto spared, is to be taken by the Emperor's army now, after all the other territories of Germany have been eaten up. 2. **Nüsse und Schaucssen,** *nuts and dishes served up for mere show.* 3. **Halle,** comp. Note 5, page 17. 4. **erinnert man sich,** condit. construct. = wenn man sich . . . erinnert. 5. **die Denkungsart** = die Politik'. 6. **die Ein'gebung,** *persuasion.* 7. **bestochen,** *bribed.* 8. **selbst auf Unkosten,** *even at the expense.* 9. **seine heiligsten Pflichten,** *his most sacred obligations,* towards his land and his subjects. 10. **die Kunst** = diplomatische Kunst, *diplomacy.* 11. **gewaltthätiges Verfahren,** *violence.* 12. **leicht zu lenkend,** *easily led.*

Page 32. — 1. **es ist mir darum zu thun,** *I have an object in view.* 2. **gar** = sogar, *even.* 3. **ein furchtbarer Feind,** referring to

Gustavus Adolphus. **4. eben biefe§ Feldherrn = beffelben Feld=
herrn. 5. Johann Georg'**, comp. Note 9, page 15. **6. von Arn
heim** (or **Arnim**), Johann Georg *of Arnim-Boitzenburg*, 1586–1641,
field-marshal of the Saxon army, one of the most distinguished men
during the period of the Thirty Years' War, both as a general and as a
diplomatist. **7. verftellter Kaltfinn,** *disguised indifference.*
Page 33. — **1. in öfterreichifchem Solde,** *in the pay of Austria;*
comp. Note 7, page 31. **2. feine Armee',** *his* (= the Emperor's)
army. **3. die Feftung Wittenberg,** *the fortified town of Wittenberg*
on the right bank of the Elbe. — Up to the year 1817, it had a famous
university, with which at one time Martin Luther was connected as
professor. It is often called "The Cradle of the Reformation."—Why?
4. Torgau, *the fortified town of Torgau,* on the left bank of the
Elbe.
Page 34. — **1. von,** comp. Note 4, page 16. **2. das Miß=
trauen . . . kommen wollte,** *the distrust which was shown to myself
when I was about to relieve Magdeburg.* **3. die hallifche Vorftadt,**
the northwestern suburb of Leipsic.
Page 35. — **1. entfärben** (to dis+color) = **blaß werden.
2. der Kurfürft von Brandenburg,** comp. Note 3, page 8. **3. die
Wolke,** cloud — **umwölken =? 4. eine Krone** (=Königskrone), viz.,
that of Sweden. **5. zwei Kurhüte (hats** [*crowns*] *of two Electors*),
viz., of Brandenburg and of Saxony. **6. eine Schanze** (etym., **chance**).
7. würde fie . . . gefichert fein, *it* (= my crown; my kingdom), *would
at least be safe from the worst consequences of a defeat.*
Page 36. — **1. wo aber . . .** elliptic. for: **wo ift aber . . . zu
finden? 2. das Treffen = die Schlacht. 3. das Land,** plu., **die
Länder** (countries) and **die Lande** (*provinces*). **4. zwei befchwer=
liche Armeen,** *two oppressive armies,* viz., the Imperial and the Swedish
armies. **5. baldmöglichft = fobald als möglich. 6. keine alten
Lorbeern,** *no former laurels.* **7. bei*treten** (to AC+CEDE). **8. Ge=
neral' Altringer** (or **Aldringer**), *General Altringer,* was born in
Luxemburg, of an obscure family. From a common soldier in the
Austrian army, he rose gradually to the highest rank; after the death
of Tilly in 1632, he was made field-marshal. **9. General Tiefenbach,**
General Tiefenbach's corps lay in garrison in Silesia, to protect that

province against the Swedes ; compare Schillers „Wallensteins Lager," 10. Auftritt: „Laß sie gehen, sind Tiefenbacher..." 10. die Mulda (or Mulde), a river of Saxony and Prussia, rises in the Erzgebirge, and, after a N. course of 130 miles, joins the Elbe on the left, at Dessau. 11. das ungestüme Anhalten, *impetuous requests.*

Page 37. — 1. Wahren und Lindenthal, two villages N. W. of Leipsic. 2. Breitenfeld, a village about 5 miles N. of Leipsic. Near this village, Sept. 7, 1831, a battle-monument was erected with the inscription :

> „Gustav Adolf, Christ und Held,
> Rettete bei Breitenfeld
> Glaubensfreiheit für die Welt."

3. bestreichen, *to sweep.* 4. die Lober, name of a small stream. 5. ja keine Schlacht — „ja" strengthens the following „keine" Schlacht, *by no means* to engage in a battle. 6. das Treffen, here = die Schlachtlinie — comp. Note 2, page 36. 7. die Wendung = das Manö'ver.

Page 38. — 1. der Ausgang (EX+IT), syn. das Ende ; das Resultat. 2. der (sächsische) Feldmarschall, comp. Note 6, page 32. 3. gegen Abend = gegen Westen. 4. überflügeln, *to outflank.* 5. das Gebiet, *the range.* 6. das Mittel = das Centrum or die Mitte.

Page 39. — 1. aber wäre auch, condit. construct. for „aber wenn auch eine Million ... wäre." 2. um ... willen, *for the sake of ;* dessent = dessen, *whose.* 3. die zwei größten Heerführer, referring to Gustavus Adolphus and Tilly. 4. beide Hälften von Deutschland, viz., the Protestant and Catholic Germany. 5. die Ahndung = Ahnung, *foreboding.* 6. der Geist (etym., ghost), *shade ; spectre.* 7. von Abend = von Westen. 8. frisch beackert, *newly ploughed.* 9. ausgedörrt (dried), *parched.* 10. Gefilde, comp. Note 2, page 4.

Page 40. — 1. sich wieder besinnen, *to recover one's senses.* 2. Eilenburg, a town of Prussian Saxony, 17 miles N. E. of Leipsic. 3. stand*halten, *to maintain one's ground.* 4. die Kroa'ten, comp. Note 8, page 24. 5. die Zeitung (etym., tiding) = ? 6. München, *Munich,* the capital city of Duke Maximilian of Bavaria, the leader of

the Catholic League. 7. **Wien,** *Vienna*, the capital city of Austria.
8. **General Banner'**, comp. Note 6, page 10. 9. **fid** entbedte for
entbedt wurde, reflex. for pass. construct.

Page 41. — 1. **feine Truppen,** *his* (= Gustavus Adolphus')
soldiers. 2. **das Hauptkorps,** *main body* (of his army). 3. **das
nie überwundene Heer,** *this hitherto invincible army.* — After 36
victories, Tilly met his first defeat at Breitenfeld. 4. **graue, erfahrene
Soldaten,** *old, experienced soldiers.* 5. **in geschlossenen Gliedern,**
closing their ranks.

Page 42. — 1. **die Sturmglocke,** *alarm-bell.* 2. **Ita'lien.** —
Simultaneously with his troubles in Germany, the Emperor had also been
engaged in a war with France, which was fought in Italy and was concluded by the treaty of *Cherasco*, April 16, 1631, whereupon an Imperial force of 20,000 men returned from Italy to join the army of Tilly.
3. **das Ungefähr,** syn. **der Zufall.** 4. **ein Rittmeister,** *a captain of
horse* — of the regiment " Rheingraf " (comp. Note 3, page 10), known
by the name „**der lange Fritz.**"

Page 43. — 1. **ihn** = **den Rittmeister.**

GUSTAVUS ADOLPHUS IN SOUTHERN GERMANY.
PASSAGE OF THE LECH.

The splendid victory of Breitenfeld restored the hopes of the Protestants everywhere. Duke Bernhard of Weimar, an honest, brave man and famous military leader, had joined Gustavus Adolphus before the battle. Johann Georg of Saxony consented to march into Bohemia to help the crushed Protestants there, while the Swedish army advanced through Central Germany to the Rhine. Tilly in the meantime gathered together the scattered Imperial forces left in the North, and followed Gustavus Adolphus, vainly endeavoring to check him. The latter took Würzburg (*Oct.*, 1631), defeated Tilly and duke Charles of Lorraine (*Nov.*, 1631), took Mayence (*Dec.*, 1631) and entered Frankfort-on-the-Main in triumph. Here he fixed his winter-quarters, and allowed his faithful Swedish troops the rest which they so much needed. His wife, Queen Marie Eleonore, had joined him: he held a splendid court at Frankfort, and required the German princes whom he had subjected to acknowledge themselves his dependents. The rest of the winter, 1631–32, was given up to diplomacy rather than war. In the early spring of 1632, Gustavus Adolphus reorganized his army and set out for Bavaria against duke Maximilian. On *March* 21, he entered Nuremberg.

Page 44. — 1. die Reichsstadt, *free city of the empire.* 2. Nürnberg, *Nuremberg,* an old and famous town of Central Franconia, belongs now to the kingdom of Bavaria. It was the home of poetry, art and industry in the Middle Ages, and a stronghold of Protestantism during the religious war. Here lived such men as *Albrecht Dürer,* the painter, *Hans Sachs,* the shoemaker-poet, *Peter Vischer,* famous by his monumental cast-works, *Wilibald Pirkheimer,* the poet, historian and diplomatist. 3. der Anstand, *carriage ; appearance.* 4. der Belt, the Great and the Small *Belt* are two straits, forming the central and western communication between the Baltic and the Categat; here, however, used for "*the Baltic.*" 5. der Thateneifer, *zealous activity.* 6. Donauwörth, a walled town of Bavaria, on the Danube.

Page 45.—1. in8 Werf ridjten, *to effect; to accomplish.*
2. ba8 jenjeitige Ufer, i. e. the southern or right bank of the Danube.
3. ber Lechftrom, a river of Southern Germany, the Tyrol and Bavaria.
It rises in the Alps, and after a northern course of 140 miles joins the
Danube, 26 miles N. of Augsburg. 4. Maximilian, Duke of Bavaria,
comp. Note 3, page 25. 5. Augsburg, an old and famous free city of
the empire, in Bavaria, at the angle formed by the junction of Wertach
and Lech. 6. i. e. to enter into an alliance with Gustavus Adolphus.
7. bayrifch (or bairijch), *Bavarian.* 8. bie Waffen (etym., weap-
ons), arms; bie Bewaffuung, arming; bie Entwaffnung (dis+arm-
ing) =?

Page 46.—1. gegenüber — this preposition usually follows its
case. 2. im Märzmonat — a chronological error, since the passage of
the Lech took place April 5, 1632. 3. tyro'lijch, *Tyrolean;* the Lech
rises in the Vorarlberg Alps. 4. waghälfig (lit., risking one's neck),
hazardous; foolhardy. 5. ber Schlund, here = *mouth.* 6. ertroßte
er, condit. construct. = wenn er bennodj ... ertroßte. 7. gelten (or
geltend) madjen, *to urge, to bring to bear.*

Page 47.—1. ba8 Wort führen = für bie andern jprechen.
2. hätten wir gejeßt, a rather peculiar form of the potential subjunctive = *is it possible that after we have crossed* ... 3. bie Befichtigung
= Recognoscie'rung. 4. merflich (etym., re+markably). 5. fich
frümmen = einen Winfel bilden. 6. ba8 Feldftüd = bie Kano'ne.
7. ber Dampf (steam), here used for ber Rauch or ber Qualm,
smoke. 8. in einem fort, syn. beftändig; fortwährend. 9. ba8 auf
fteigende Werf, *rising fortifications.* 10. bie Zimmerart (etym.,
timber+axe) =?

Page 48.—1. be8 ihrigen = ihres Ufers. 2. bie Werfe
(bulwarks). 3. ba8 Falfonett' (or bie Falfau'ne), *falconet cannon.* — "Falconets" were *small cannons,* the word being derived from
Lat., *falco* = a falcon, as it was common in former days to give the
names of birds of prey to guns and other firearms. Thus bie Mus=
fe'te, from "*musket,*" originally the name of the "sparrow-hawk."
4. Altringer, comp. Note 8, page 36.

Page 49.—1. Neuburg und Ingolftadt, two towns of Bavaria,
on the Danube, east of the Lech. 2. ber Bayer = ber Herzog von

Bayern. 3. die Stückkugel = Kanonenkugel. 4. dem Joche ent=
reißen, to free *from.* — The inseparable prefix **ent** denotes removal and
separation, thus answering the Eng. prepos. *from.* 5. der Kurfürst,
Elector. — After the defeat of Friedrich V. of Bohemia, in the battle
of the " White Hill " near Prague, in 1620, his land, the Palatinate, and
electoral dignity had been bestowed upon Duke Maximilian of Bavaria.

Page 50. — 1. die Manen (Lat., **manes**), *shades of the dead.*
2. Regensburg, *Ratisbon* in Bavaria.

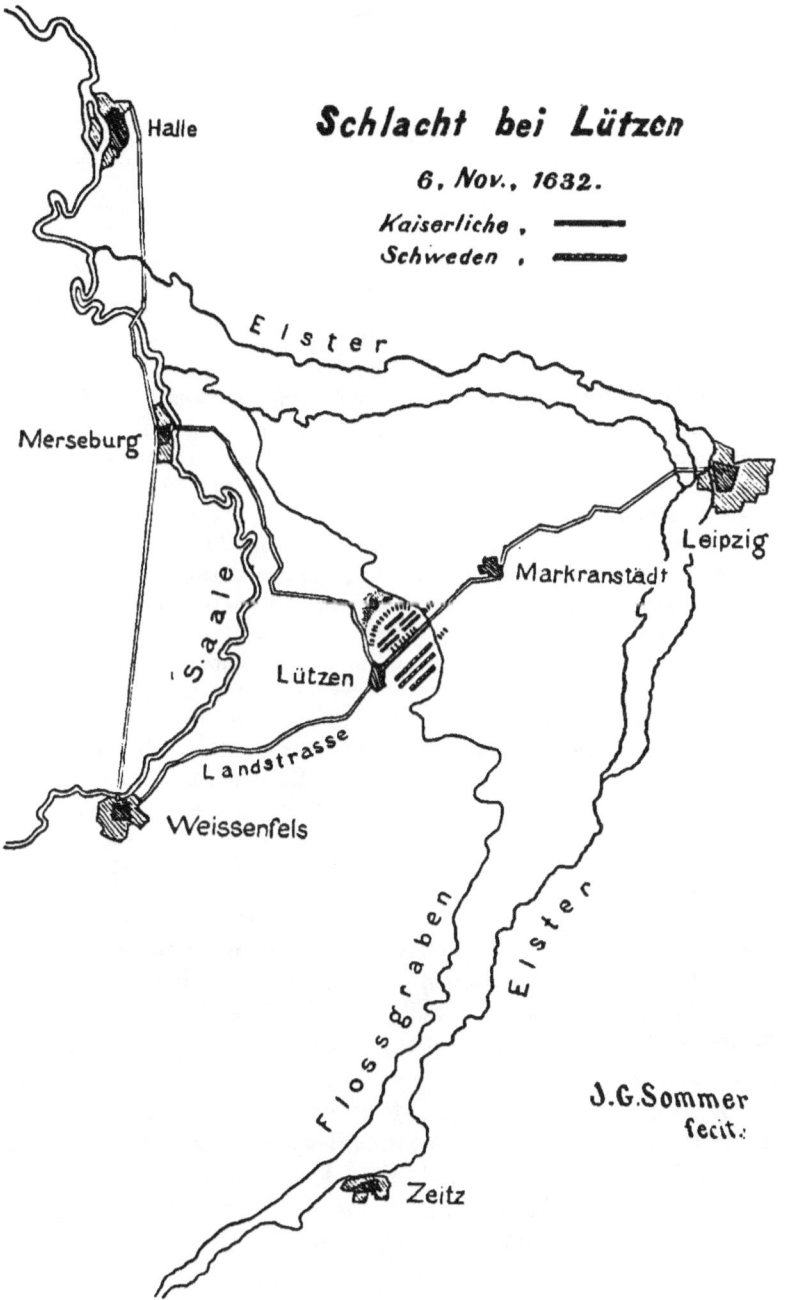

Schlacht bei Lützen

6. Nov., 1632.

Kaiserliche , ────────
Schweden ,   ━ ━ ━ ━

Halle

Elster

Merseburg

Saale

Leipzig

Markranstädt

Lützen

Landstrasse

Weissenfels

Flossgraben

Elster

J.G.Sommer
fecit.

Zeitz

THE BATTLE OF LÜTZEN. DEATH OF GUSTAVUS ADOLPHUS.

After Tilly's defeat and death in *April*, 1632, the Swedes conquered the whole of Bavaria, while the Saxon army entered the capital of Bohemia. The Protestants were triumphant everywhere. At this juncture the Emperor turned again to Wallenstein, who alone seemed capable to cope with the Swedish conqueror. Already in December, 1631, a few months after the battle of Breitenfeld, Wallenstein had, upon Ferdinand's request, organized a new army of 40,000 men, without accepting the generalship. In April, 1632, however, after Tilly's death, he placed himself at the head of this army and at once turned upon the Saxons, whom he drove out of Bohemia, and having accomplished this, he marched against Nuremberg, where Gustavus Adolphus had concentrated his forces. The Swedes were ready for battle, but soon Wallenstein fell back upon his old tactics of refusing battle, except when he had a manifest superiority of numbers. Want of supplies made it impossible for Gustavus Adolphus to remain longer than ten weeks at Nuremberg. As soon as he was gone (*Sept.* 8, 1632), Wallenstein broke up his camp, and throwing himself northwards, he marched into Saxony. Gustavus Adolphus followed him closely, and in the beginning of November, 1632, he was opposite the Imperial camp at Lützen, near Leipsic.

Page 51. — 1. for 𝔚𝔢𝔦𝔟𝔢𝔫𝔣𝔢𝔩𝔰 — 𝔏𝔢𝔦𝔭𝔷𝔦𝔤 — 𝔏ü𝔱𝔷𝔢𝔫 — 𝔐𝔞𝔯𝔨= 𝔯𝔞𝔲𝔰𝔱ä𝔡𝔱 — 𝔖𝔢𝔦𝔱 — 𝔐𝔢𝔯𝔰𝔢𝔟𝔲𝔯𝔤, see Map of the battlefield of Lützen. 2. 𝔡𝔢𝔯 𝔉𝔩𝔬𝔟𝔤𝔯𝔞𝔟𝔢𝔫 = 𝔡𝔢𝔯 𝔎𝔞𝔫𝔞𝔩'. 3. 𝔡𝔦𝔢 𝔈𝔩𝔰𝔱𝔢𝔯, see Map. 4. 𝔡𝔦𝔢 𝔖𝔞𝔞𝔩𝔢, see Map. 5. 𝔚𝔞𝔩𝔩𝔢𝔫𝔰𝔱𝔢𝔦𝔫, at the head of the Imperial army. 6. 𝔉𝔢𝔩𝔡𝔰𝔱ü𝔠𝔢 = 𝔎𝔞𝔫𝔬𝔫𝔢𝔫.

Page 52. — 1. 𝔟𝔢𝔰𝔱𝔯𝔢𝔦𝔠𝔥𝔢𝔫 (to scour *or* rake with shot), *to sweep* (said of a battery). 2. 𝔡𝔢𝔯 𝔐𝔲𝔫𝔦𝔱𝔦𝔬𝔫𝔰𝔴𝔞𝔤𝔢𝔫 (ammunition-wagon). 3. 𝔡𝔞𝔰 𝔗𝔯𝔢𝔣𝔣𝔢𝔫 = 𝔡𝔦𝔢 𝔖𝔠𝔥𝔩𝔞𝔠𝔥𝔱𝔩𝔦𝔫𝔦𝔢. 4. 𝔡𝔢𝔯 𝔗𝔯𝔬𝔟𝔧𝔲𝔫𝔤𝔢 (camp-follower); *stable-boy*. 5. 𝔡𝔢𝔯 𝔎𝔫𝔢𝔠𝔥𝔱, *sutler; groom*. 6. 𝔡𝔦𝔢 𝔓𝔞𝔭𝔭𝔢𝔫= 𝔥𝔢𝔦𝔪𝔰𝔠𝔥𝔢𝔫 𝔙ö𝔩𝔨𝔢𝔯 (= 𝔎𝔯𝔦𝔢𝔤𝔰𝔳ö𝔩𝔨𝔢𝔯), *General Pappenheim's troops.* —

On Nov. 5th, Wallenstein had sent Pappenheim with 10,000 men to attempt a diversion on the Rhenish bishoprics, ordering him to seize Halle on the way. As soon as Gustavus Adolphus heard of Pappenheim's departure, he hastened to attack Wallenstein. **7. an eben biefem** (= bemfelben) Abend, Nov. 5th, 1632. **8. bei Leipzig** or Breitenfeld, Sept. 7, 1631. **9. Graf von Brahe,** *Count* Nils *Brahe,*

BERNHARD OF WEIMAR.

who was mortally wounded in this battle. **10. Bernhard von Weimar,** *Duke Bernhard of Weimar* (1604–1639), who, after Gustavus Adolphus, was the ablest general of his time. He succeeded to the command of the Swedish army after the king's death at Lützen.

Page 53. — 1. alfo = fo; auf biefe Weife. 2. Europens, comp. Note 10, page 13. 3. im Lager vor Nürnberg, *in the camp at*

Nuremberg, July–Sept. 1632. **4. zwei solche Feldherren,** viz., Gustavus Adolphus and Wallenstein. **5. kennen lehren,** *to make known.* **6. am Lechstrom,** *in the battle at the Lech,* April, 1632. **7. bei Leipzig,** comp. Note 8, page 52. **8. das Genie'** (pronounce as in French!), *military genius.* **9. Friedland,** Duke of *Friedland* (**der Friedländer**) = **Wallenstein. 10. die Größe des Preises aufwägen,** *to compensate for the high price at which he had been purchased.* — Wallenstein gave his consent to accept the command once more, on condition that the Emperor should subscribe to an agreement which practically made Wallenstein the lord and Ferdinand the subject. The Emperor gave the two duchies of Mecklenburg to Wallenstein, and promised him one of the Habsburg states in Austria; he gave him the entire disposal of all the territory he should conquer, and agreed to pay the expenses of his army. Moreover, all appointments were left to Wallenstein, and Ferdinand pledged himself that neither he nor his son should ever visit the former's camp.

Page 54. — **1. wechselten . . . durchflammten,** *under every corslet beat the same emotions that inflamed the hearts of the generals.* **2. gewiß** (etym., y-wis), *certain.* **3. seine** = **des Feindes. 4. ein rührendes Lied.** — The whole Swedish army united in singing Luther's grand hymn „**Ein' feste Burg ist unser Gott...**" ("Our Lord He is a Tower of Strength".) **5. die Feldmusik** = **Militär'musik,** *martial music.* **6. der Goller** (or **Koller**), from Lat. "collarium," *a doublet, jacket.* **7. ahndungsvoller** (or **ahnungsvoller**) **Busen,** *foreboding heart.* **8. das Wort** = **der Schlachtruf; das Kriegsgeschrei. 9. der Herzog,** viz., *Duke* of Friedland = Wallenstein. **10. überflügeln,** comp. Note 4, page 38. **11. die Losung** = **das Signal zur Schlacht. 12. das Fußvolk** = **die Infanterie.**

Page 55. — **1. von . . . empfangen,** *received by . . .* **2. das grobe Geschütz** (great guns). **3. die Battaillo'ne** (pronounce = **Bataljo'ne). 4. die feindlichen Musketie're,** of the Imperial army. **5. friedländisch,** comp. Note 9, page 53. **6. der Herzog,** *duke* = Wallenstein. **7. seinem Machtwort gelingt es,** *by his powerful word he succeeds.* **8. der nahe Feind** = **die Nähe des Feindes. 9. Frist** (= **Zeit) zur Ladung** (= **zum Laden der Gewehre). 10. das Feuerrohr** (lit., fire+barrel) = **das Gewehr; die Muskete.**

Page 56. — 1. finnländifch, comp. Note 11, page 4. 2. die
übrige Reiterei, *the rest of the cavalry* (of Wallenstein's army).
3. hinterbringen, syn. mit*teilen; rapportieren. 4. das Sten=
bockifche Regiment', so called in honor of the Swedish field-marshal
Gustav Otto Stenbock. 5. die Unordnung (dis+order). 6. Franz
Albert, *Francis Albert, Duke of Saxe-Lauenburg,* by some suspected
to have murdered Gustavus Adolphus (comp. Note 8, page 57).
7. bloß, uncovered; die Blöße (weakness), *weak point.* 8. fein
kurzes Geficht (his short sight) = feine Kurzfichtigkeit. 9. ein Ge=
freiter (etym., one freed, viz., from doing duty as a sentinel), (a lance-
corporal), *a corporal.* 10. alles for alle, comp. Note 6, page 26.

Page 57. — 1. an*fchlagen = das Gewehr an*legen, *to aim at.*
2. den, here = diefen or jenen, therefore with emphasis.
3. fchaffen, here = bringen; führen; begleiten. 4. nieder+fchlagend
(de+pressing)=? 5. fuche nur, *just try!* 6. fein lediges Roß,
his riderless horse. 7. fic, referring to „Reiterei" (it), *they.* 8. dem
Feinde entreißen, *to snatch from;* comp. Note 4, page 49. — Upon the
testimony of a trustworthy eye-witness, a young German nobleman by
the name of *Leubelfing,* the son of Col. Leubelfing of Nuremberg, the
following is known regarding the death of Gustavus Adolphus: Being
near when the king fell, and seeing that his charger, wounded in the
neck, had galloped away, Leubelfing dismounted and offered him his
horse. The king stretched out his hands to accept the offer, and the
page attempted to lift him from the ground, but was unable. In the
meantime some Imperial cuirassiers, attracted to the spot, demanded
who the wounded man was. Leubelfing refused to answer, but Gustavus Adolphus himself exclaimed: "I am the King of Sweden," when
he received four gun-shot wounds and two stabs, which quickly released
him from the agony of his broken arm, the bone of which had pierced
the flesh and protruded. — It is known that from the very beginning
Gustavus Adolphus' death was ascribed not to an enemy's ball, but to
assassination, which was supposed to have been committed by Duke
Francis Albert of Saxe-Lauenburg. This charge rests on the idle talk
of the excited multitude, for it was never earnestly made by those who
stood nearest, and the historians do not attach any importance to it:
Gustavus Adolphus fell in no other way than by shots of the enemy in the

turmoil of battle. (Compare: Conrad Ferdinand Meyer's novelette: Guſtav Adolfs Page, edited by Prof. O. Heller, Boston, 1893.)

Page 58. — 1. die Schreckenspoſt = ſchreckliche Nachricht. 2. ertöten = tot machen. 3. im Preiſe fallen, *to lessen in value.* 4. upländiſch = aus der ſchwediſchen Provinz „Upland.“ 5. ſmalän= diſch = aus der ſchweb. Provinz „Smaland.“ 6. finniſch = finnländiſch; comp. Note 11, page 4. 7. oſt= und weſtgotiſch = aus den ſchweb. Provinzen Oſt= 'und Weſtgotland. 8. Herzog Bernhard von Weimar, comp. Note 10, page 52. 9. der Geiſt (etym., ghost), *genius; spirit;* mind. — Here =? 10. er, referring to der linke Flügel. 11. ſeine, referring to der linke Flügel. 12. au*ſetzen = vor*dringen; vor*gehen; avancieren.

Page 59. — 1. ihre Niederlage, *their* defeat, referring to „die ſchweren Bataillone des feindlichen Mittelpunkts.“ 2. wähnt ſich = glaubt ſich; denkt ſich. 3. Halle, comp. Note 5. page 17. 4. auf*= ſitzen, syn. ſatteln. 5. ſpornſtreichs (etym., with **stroke of spur**), *at full speed.*

Page 60. — 1. Herzog von Friedland = Wallenstein. 2. die dicht geſchloſſenen ſchwediſchen Bataillo'ne, *the close ranks of the Swedish battalions.* 3. das gelbe Regiment, from the color of their uniforms. 4. der Wahlplatz (Walplatz) or die Wahlſtatt (Walſtatt) = der Kampfplatz; das Schlachtfeld = Old Eng., wael-stŏw (comp. also: **waelcyrie**, die Walküre = Schlachtenjungfrau). 5. ein blaues Regiment, comp. Note 3. 6. Graf Piccolo'mini, *Count Octavio Piccolomini*, duke of Amalfi (1599–1656), belonging to a noble Roman family, entered the services of the Emperor and fought with the greatest distinction in the battle of Lützen. In 1634, after the assassination of Wallenstein, he was made commander-in-chief of the Austrian army, and field-marshal in 1648. — Compare Schillers Drama „Die Piccolomini.“ 7. dieſer treffliche General, viz., Picco-lomini. 8. den Herzog, comp. Note 1.

Page 61. — 1. ſeine Völker, comp. Note 6, page 52. 2. die Rachegötter (gods [spirits] of vengeance) = the Furies. 3. ein andres Eiſen geſchliffen (= geſchärft), alluding to Wallenstein's assassi-nation in February 1634. 4. Bett, here = Schlachtfeld. 5. blaß, pale; erblaſſen = blaß werden, a euphemism for „ſterben.“ 6. ſchuld-

LAST SCENE OF THE BATTLE OF LÜTZEN.

(The Wife of Gustavus Adolphus and his Generals around his Bier.)

beflecft (guilt+stained) =? 7. der Telamo'nier, *the Telamonian Ajax* (of the Imperial army). There were two heroes by the name of Ajax in the army of the Greeks before Troy, the son of " *Telamon* " and the son of " *Oïleus.*"—Just as the former in bravery ranked second to Achilles, so was Pappenheim second only to Wallenstein; comp. Note 8, page 17. 8. der Kirche = der katholifchen Kirche. 9. am wenigften verfehlen (to miss the least), two negations serving as a strong affirmation = ficher treffen, *to be sure to meet.* 10. man hinterbringe (subjunctive for 3d pers. sing. of imperat.), *tell then !*

Page 62. —1. an einem Tage = an demfelben Tage. 2. nicht fobald . . . als, rather uncommon for „kaum . . . als" or „fobald als." 3. das Weite fuchen = fliehen; weichen. 4. das Border= treffen = die Front. 5. die Stücke (or Feldftücke) = Kanonen. 6. die Berzweiflung erhebt jede (= Schlachtordnung) über fich felbft, *despair endows each* (of the two armies) *with superhuman strength.*

Page 63. — 1. nie in Übung gebrachte = nie geübte Mei= fterftücke der Kriegskunft. 2. mit ftillfchweigender Über= einkunft, *by tacit agreement.* 3. erfreuend, *cheering*, since they announce the end of the battle. 4. zugleich der Preis und die Ur= kunde, *at once the reward and the evidence.* 5. ihr Verhalten zu beftimmen, *to tell them what to do.* 6. nahm fie (it; *they*), referring to „die" Verftärkung = reinforcement.

Page 64. — 1. der Abt von Fulda, *abbot of Fulda*, a town in Hessia, with an old abbey and famous monastic school founded in 744 by St. Bonifacius (=Winfried), the apostle of the Germans, who is buried there. 2. der Pardon' (French), **pardon**; *quarter.* 3. ob man gleich for obgleich man. 4. die Lande, comp. Note 3, page 36. 5. das TE DEUM an*ftimmen (= fingen); comp. Note 3, page 27.

Page 65. — 1. Verzicht thuen auf, *to renounce something.* — When in September 1632 Wallenstein left his fortified camp at Nurem- berg, he turned North with the intention of entering into winter- quarters in Saxony. 2. im Flug weg*hafchen, *to snatch away in a hurry.* 3. die Kroa'ten, comp. Note 8, page 24. 4. unfern dem (dat.) . . . for unfern des (genit.), which would be more in accord- ance with modern usage. 5. vorher' — in meaning and construction closely resembling the Eng. *ago.*

Page 66. — 1. feine Gemahlin, *his wife*, Queen Marie Eleonore.
2. heifchen, syn. fordern; verlangen. 3. das Sühnopfer (expiatory
+sacrifice), *atonement.* 4. um, here = für. 5. verfchlingt jedes
. . . *absorbs the woe of the individual.* 6. der Umfang (circum+
ference), *extent.*